喜歡，只是兩個字，藏在心裡的思念，卻是一輩子。

這一刻開始，我愛你

From this moment
I love you

推薦序

向陽而溫柔的存在

跟親愛的Sunry相識算一算也好些年了（到底是幾年，不想算清楚），嚴格說來，一般網路小說作家的寫生涯平均不會太長，我這小作家雖然談不上大紅大紫，倒也安安穩穩地一路走到現在（究竟經過幾個年頭了，還是不想算清楚），我想也是多虧相同的路上有了志同道合的夥伴，這對孤軍奮戰的寫手來說，是一種相當強大的動力，因為變得不寂寞了。

平常和Sunry天南地北地聊，聊趕稿、聊出版，也聊聊生活中的瑣碎小事。最近Sunry就告訴我，她喜歡下廚，研究家人喜歡吃的食譜，然後再像變魔術一樣變出整桌好菜。對我來說是魔術，因為我的廚藝不好，也沒有精進的打算，可是一向羨慕喜歡下廚的人。每次聽Sunry又端出什麼樣的料理時，就好想跑到她家當客人。奇怪的是，在

Sunry的故事裡，似乎廚藝好的總是那些體貼暖男呢！是不是？我想，不論是多麼能幹的女性，即便擁有阿基師那樣的功力，但還是渴望在回到屬於自己的空間時，有個溫柔情人為自己做頓飯，就某些意義上已經強過一堆金銀珠寶和甜言蜜語了呀！

我寫過的都會小說不多，但是自己挺喜歡看都會小說的，喜歡城市特有的孤寂，喜歡生活在其中的男女若有似無的心事呢喃，夜深人靜時分總是特別有共鳴。這本《這一秒開始，我愛你》Sunry寫下好多探觸到內心深處的小語，那些又孤單又懷抱期待的字句，每每叫我點頭如搗蒜一樣地認同到不行。這本書是三個要好姊妹淘的故事中最後一部，好厲害啊！可以寫出三部曲、三種不同的人生呢！林誼靖那受過傷的情感，在《這一秒開始，我愛你》中找到了出口，縱然偶爾會想擁有一個人的自由與安靜，但有人陪伴總是好的，一起迎向未來，是好的。

有時，愈是讓自己置身在熙熙攘攘的人群中，反而有一種與世隔絕的空虛，說不出個所以然。幸好，在Sunry的故事裡，我們可以在這樣的都會中遇見另一種說不出所以然的溫暖。接連幾次的飛安意外，還有最近的高雄氣爆，這個世界忽然很不平靜啊！平安的我們只好盡力分一些希望給受害者和受害者的家屬，讓他們能堅強度過這些難熬的日子。我得說，Sunry療癒系的故事有著撫慰的力量，向來都是那麼向陽而溫柔的存在，對於不幸的人們，如果我們都能成為這樣美好的存在，他們的眼淚一定很快就可以擦乾，對吧？

晴菜

自己的書稿沒趕完，卻寫完Sunry序文的8月14日

那大概是全世界女人最不想遭遇到的事！年紀一旦揮別二字頭，邁入三字頭後，最怕接收到旁人關心的眼神、擔心的問候，甚至是白目的詢問，「怎麼不去找個伴？一個人，多孤單！」

一個人，多孤單！

這六個字，真的讓人很心酸……但，干他們什麼事？

我找不找伴、孤不孤單，與卿何干？

感情要是能像在菜市場買菜，挑撿自己喜歡的帶走，銀貨兩訖，那這個世界上怎麼會有這麼多曠男怨女？

年齡步入三字頭，經濟上有點基礎，凡事親力親為、不靠任何男人，對這樣的女生來說，愛情，已經不再是單純喜不喜歡的問題。

這個年紀的我們很明白，雖然愛情很美麗，但更不能缺少麵包。

「如果沒有那一點點的盲目跟衝動，妳要怎麼找到可以發展的對象？怎麼去了解雖然麵包很重要，但加入愛情後，它其實會變得更美味呢？」

魏蔓宜看著我，義正詞嚴地用彷彿在討論什麼國家大事的口吻對我說。

「拜託喔，魏蔓宜！我已經不是十幾二十歲的女生了。」

我也一本正經地回答她，「本小姐我呢，已經三十歲了，早就過了期待白馬王子騎白馬來拯救我的年紀，就算現在有個像布萊德彼特那麼帥的男生站在我面前，恐怕我的心跳依然會像老僧入定一樣心如止水，一點也不會加速跳動。」

「如果現在有個像布萊德彼特那麼帥的男生站在我面前對我笑，我肯定會心跳加速、血壓飆高、面紅耳赤、手腳發軟……」沈珮妤一臉沉醉地笑著說，說完馬上又收起笑容看向我，「而且……林誼靖，我才不相信妳會心如止水！這種鬼話妳去講給誰聽，誰都不會相信，妳要不要試試看？」

「幼稚！」我「嘖」了一聲，撇撇嘴角，「我幹麼要試給妳看？還有，這位新嫁娘，妳是不用回家煮晚餐給老公吃嗎？還有空賴在我家跟我抬槓！」

「我已經跟我老公說過要來妳家，他叫我要好好玩，不要太晚回家就好。」

「嘖嘖嘖！妳那一臉甜蜜蜜的表情是怎樣？欺負我沒有人會提醒我『好好玩，不要太晚回家』嗎？哼！」

我數落完沈珮妤，又轉頭看向魏蔓宜，開口問：「喂，這位媽媽，妳不用回家帶小孩嗎？」

「我老公說今天他帶就好，叫我玩得開心一點。」

又一個被老公捧在手心的女人！真是過分耶，報紙上常常報導那些婚姻不幸福、生活不美滿的可憐女人，到底是不是真的存在啊？怎麼我身旁全都是被老公寵上天的幸福女人！

「好啦好啦，我知道妳們兩個人都婚姻美滿、生活幸福啦，但妳們其實可以不用這樣強調，我並不會羨慕妳們。」我有些賭氣地說。

沈珮妤伸手過來攬著我的肩，笑嘻嘻地說：「不過，林誼靖，我跟妳說啊！上次我們去吃飯時，不是遇到我老公的朋友嗎？」

「對啊，怎樣？」

「人家一直向我老公打聽妳的事耶……怎麼樣？要不要考慮一下？」

「考慮什麼？」

「考慮把妳的手機號碼給他呀！我老公說他那個朋友是老好人一枚，對人超好的，而且還沒什麼脾氣，重點是喔，他還是一個老闆耶，雖然不是股票上市上櫃公司的那種億萬富翁企業家，但也算是間小有規模的營造公司喔，嫁給他啊，妳就能提早退休過貴婦生活了。」

「我才不要。」我想都不想，直接一口回絕，「那樣多尷尬啊！跟認識的人的朋友交往，一舉一動都會被放大注意，說不定吵個架都會接到四面八方不斷湧來的關心電話，萬一分手不是更可怕？不要不要，這樣太不自由了，我拒絕！」

「可是妳都已經三十歲了耶……」

「三十歲又怎樣？三十歲就一定要結婚，讓自己從成熟美麗的女人，變身成每天與柴米油鹽醬醋茶為伍的黃臉婆？讓自己的娃娃音拔高音頻變成天天碎唸老公、叫罵小孩的河東獅吼？天天拿著各家大賣場DM比價，看哪裡才能買到最低價，當個精打細算的賢妻良母？……我才不要做這種事！與其變成這樣的女人，那我寧願一輩子不結婚。」

我瞪著沈珮妤，語氣嚴肅地說：「還有！妳不要再提醒我已經三十歲這件事！我不想一直被喚起記憶，有些事，能夠忘了最好，比如『年紀』……」

我特別在「年紀」這兩個字上面加重語氣。

真的！對已經結婚的女性們來說，年紀或許不再那麼重要，因為她們都有了可以白頭偕老的對象，所以人妻們必須煩惱的，大概就是一些比如菜價又上漲了、老公明天便當要準備什麼、最近流行什麼病毒，小孩要多注意……這一類與我八竿子打不著的事。

可是對單身的我來說，年齡就像是一顆巨石，沉沉地壓在我心頭，並且隨著歲月流逝逐日加重！

好像一旦過了三十歲還未婚，在這個社會上來說，就像是十惡不赦一樣！男生倒還好，他們是越老越值錢。但女生就不一樣，年華老去後，就越老越可憐了！人家說不定還會在妳背後議論妳是不是有什麼亂七八糟的毛病，怎麼都到了適婚年齡了還沒個男人敢娶妳，於是什麼莫名其妙的臆測就全都跑出來了，很可怕！

我就聽過我們公司的掃地阿姨像三姑六婆一樣拉住我，偷偷跟我說起公司另一個部門一位年近四十歲還未婚的大姊的蜚短流長，人家其實只是還沒結婚，又不是心理不正常，但經過阿姨的八卦嘴加油添醋地說出來後，就像幹了什麼罪大惡極的事一樣！

我想再過不了多久，下一個被掃地阿姨茶餘飯後拿來八卦的準候選人就是我了。

「其實，再過幾小時妳就要三十一歲了！」魏蔓宜冷不防開口。

我殺人般的眼光馬上從沈珮妤身上移開，繼而掃向魏蔓宜，咬牙切齒的聲音從我牙縫間迸出，「行了！我知道啦！妳們不用一直提醒我。」

「三十一歲是女人生命裡的一個新里程埤喔。」沈珮妤接著說。

「這句話妳去年也說過。」我沒好氣。

「有嗎？」

「有。」我肯定地點頭，「去年我生日時，妳也跟我說過三十歲是女人生命裡一個重要的里程碑，那是一個女人完全脫離稚氣，變得更有魅力的年紀。」

「是喔？」沈珮妤抓抓頭，笑著，「我怎麼不記得？」

「因為妳也即將步入三十一歲了。」我說。

「什麼意思？」

「意思是，妳記憶力就快要漸漸退化了，像我一樣，該記的事情總是忘記，不該記得的事情卻老是記在心頭，這是人家說的初老症。」

「我以為是當媽媽才會這樣！」沈珮妤還是笑。

「哇！沈珮妤，妳好了解！」魏蔓宜驚喜地叫起來，「我真的是這樣耶，生了小孩後，記憶力就嚴重退化了，老是記得一些芝麻綠豆的小事，反而重要的事常常在一轉身後就忘光光了……」

「嘖！妳又不是媽媽，幹麼學人家這樣說？妳這個明明就是跟我一樣的症頭，叫作初老症……喂，等等、等等，沈珮妤，妳該不會是……有了吧？」

我的腦袋電光石火地閃過一個念頭，望著依然笑意飛揚的沈珮妤，心臟撲通撲通逐漸劇烈跳起來，一旁的魏蔓宜尖叫了一聲，開心地抓住沈珮妤的手，直問：「真的嗎？真的嗎？」

沈珮妤輕輕地點了下頭，臉上笑意依然，眼神裡卻多了幾道光采。

「哇，什麼時候的事？妳也太神祕了吧！這種事都不講的喔？」

魏蔓宜的反應讓我忍不住笑出聲來，她自己懷孕時都沒這麼興奮，別人懷孕她倒一股腦兒歡天喜地，好像是她自己懷了寶寶一樣。

於是，明明是我的生日，沈珮妤肚子裡有新生命的消息，就這樣硬生生搶走我的壽星光采。不過對我而言，這卻是她送我最好的生日禮物，因為只有我跟魏蔓宜知道沈珮妤好多想生一個孩子，來延續她跟蘇諺齊的愛情。她說過，在愛裡誕生的小孩，一定會長得特別漂亮可愛。

真好！看見自己身旁的姊妹們都幸福快樂，我的孤獨好像也變得微不足道了，有人陪伴著嘻嘻笑笑，日子彷彿也不再那麼寂寞。

雖然偶爾還是渴望有一個肩膀可以依靠，但有的時候，一個人，也很好。

真的，很好。

只是，偶爾還是會寂寞。

自從過了二十五歲，我就不喜歡過生日了，尤其不喜歡對著生日蛋糕吹蠟燭，總覺得吹掉的不是燭火，而是我一去不復返的青春！

所以，能夠低調地度過生日這一天，我就盡量不張揚。

然而，很多時候，就算不想聲張，消息還是會不小心走漏。

在我三十一歲生日這天，一早，我的FB上就充斥著一整片「生日快樂」的留言，雖然我在FB裡放上的是一個假的生日日期，但總有些老朋友會牢牢記住，然後在你想盡量低調的這一天，賣力地在你FB上祝賀生日快樂，接著，連鎖效應就開始了……

再來是不斷送出蛋糕圖樣和生日快樂字樣的line訊息，以每隔幾秒鐘就呼叫一次的頻率，不停地透過我的手機騷擾我。

總之，早上將近有一個半鐘頭的時間，我都在應付那些接踵而來的祝福。

「誼靖姊，生日快樂！這是我的一點小心意。」

十點多，正當我在處理一件國外客戶抱怨貨櫃延遲的意外事件時，公司裡年紀最小、資歷最淺、目前行情最好的姮潔捧著一小塊蛋糕，笑咪咪地來到我面前，用細細柔柔的娃娃音輕聲對我說，然後把蛋糕放在我桌上。

「啊，謝謝。」我用手摀住話筒，小聲地向她道謝，又說：「下次不要再破費了，這樣我會很不好意思。」

當然這是客套話！我其實想說的是：本姑娘我實在不喜歡過生日，不想一再被提醒自己又老了一歲的事實！所以是不是可以請你們也都忘了這一天，讓我像平常那樣安安靜靜過完這一天？

「沒什麼、沒什麼，花不了什麼錢，誼靖姊能夠開心就好了。」說完，姮潔指指我，又在耳旁作出聽電話的動作，說：「妳先忙，我也要去回幾封 e-Mail，生日快樂喔，誼靖姊。」

然後我望著她纖瘦輕盈的背影，在心裡感嘆：唉！年輕真好。

沒多久，另一個男同事也放了杯咖啡在我桌上，一樣笑嘻嘻地祝我生日快樂。

接著又有幾個同事冒出來，有的送我小禮物，有的給我餐券……真不知道是該哭還是該笑，有這麼多人跑來祝賀我又失去一年的青春歲月，到底是幸還是不幸？

接近中午，總經理打內線電話給我，劈頭就說：「誼靖，妳中午有沒有約？我請妳吃飯吧！」

「呃……」我實在很想拒絕，但身為已經在這個社會上打滾多年的職場老手，也早被訓練出一套心口不一的應對態度，所以我語帶笑意地回答，「喔，好啊！」

跟總經理約好了時間地點，才放下話筒，我的手機就響了。

「美女，生日快樂！」梁祐承的聲音從電話那頭愉快傳來。

自從多年前跟他打了一架後（呃……說打架是誇張了，事實上，是他被我打），我跟他的交情就往前邁進一大步，變成像哥兒們一樣的感情，可以聊的層面很廣，熟識的程度到了就算在他面前不小心爆粗口，也不會覺得不自在。

「幹麼？」我沒好氣地回他，「你老婆沒跟你說過我最討厭人家祝我生日快樂了嗎？」

「我老婆是沒跟我說過這一點，倒是她叫我問妳今天下班後要不要來我家吃飯？我們準備煮一桌子妳愛吃的菜請妳。」

「誰煮？」

「妳覺得會是我老婆煮嗎？」

「想也是！」我點點頭。魏蔓宜煮的菜不是我在說，實在只能說是吞得下，卻完全跟「色、香、味」這三個字沾不上邊。

她嫁給梁祐承這個願意為她洗手作羹湯的男人，老實說，也算是她苦盡甘來的福氣！

「所以……妳要不要來？」梁祐承又追問。

「去！當然去！有人請客我怎麼能拒絕？這樣豈不顯得我太不懂得人情世故？更何況魏蔓宜是我一輩子的死黨呢，光是這一點，我就不能拒絕她的邀請。」

「好，那說定了，妳晚上不能再有其他約會喔，不要害我被罵辦事不力唷！」

「知道了啦。」我被梁祐承近乎請求的語氣逗得笑出聲，又跟他隨便哈啦了幾句才結束通話。

真好！晚上終於有節目，不用再一個人回家去面對空蕩蕩的屋子，心裡好像有了踏實的感受。

中午跟總經理吃飯時，本來以為他請我吃飯是為了要幫我慶祝生日，心裡還打好草稿，萬一他真的講一些祝福我的話，我要怎麼用客套的話語回應他。

哪知，總經理一開口，我整整呆了將近十秒鐘的時間，完全沒辦法反應。

「您的意思是說……我必須在國外一個月？」我嚥了嚥口水，有些困難地開口。

老實說我不是沒有出國的經驗，在以前的公司也常常跟主管一起到國外出差，但我只要出國待到兩個星期，就已經快受不了在國外幾乎餐餐要不就是速食、要不就是貴死人又吃不飽的食物，要叫我住在國外一個月，那簡直跟殺了我差不多。

總經理肯定地點點頭，「這是老闆跟我開完會之後的意思，我們都覺得妳是此次出差的最佳人選，妳的外語能力強，國外那邊的客戶妳又幾乎都接觸過，公司國外分公司的業務流程妳也比較熟悉，派妳去，老闆跟我都比較放心。當然，妳不用天天進分公司上班，訪談報告也只需要一個星期跟我匯報一次就好。另外，基於安全考量及業務輔助需求，妳不會是一個人單槍匹馬過去，我們另外派一名同事隨行，兩個人一起也互相有個照應，妳考慮看看，明天再給我答覆也可以。」

其實根本不用等到明天，答案已經很明顯了，上層都做出這樣的決定，除非你真的很不想要這份工作，不然，再傻的人也不會白目到大聲回答出「我不要」這種氣勢驚人的話。

我就沒這樣的氣魄！

所以只能在心裡無聲嘆息，用萬般無奈的聲音喃喃著，「總經理，請你發個通知，告訴我要拜訪的客戶名單，以及出發的時間地點吧。」

總經理露出笑容，對我說：「好，明天我請方祕書把相關資料拿給妳，另外，過幾天人事室會發公文出來，妳的職務會直接從副理升為經理，恭喜妳。」

看著總經理的手朝我伸過來，我不知道該開心還是難過，原來，在這個社會上，很多事都是有交換條件的。比如我就用一個月的海外出差，來換取升官發財的機會。雖然我很不想用談條件的方法取得升遷機會，但或許這就是這個社會的生存模式，很現實。

我無力抵抗，只能默默接受，誰叫這是我自己選擇的工作，而偏偏我又十分熱愛我目前的工作還有這樣的工作環境。

晚上抵達魏蔓宜她家時，梁祐承已經煮了一桌子的菜了。我進門時他還在廚房忙碌，聽見我的聲音，他連忙從廚房探出頭來熱情招呼，「妳先坐一下，我最後再炒個菜就好了。」

「你動作快一點，我快餓扁了！」我絲毫不客氣，簡直把他當自己人使喚了。

魏蔓宜抱著他們七個月大的女兒走過來，我連忙丟下手上的包包。「哎唷，我們小公主今天怎麼這麼可愛啊？乾媽去洗個手就來抱妳喔，乖乖的，等我喔。」

等我洗過手，從魏蔓宜手上抱起她女兒時，突然很有感觸地說：「還是小孩子最好，無憂無慮，沒有牽掛。」

「幹麼突然這麼說？妳受了什麼刺激啦？」魏蔓宜帶笑的臉龐顯露出關心。

「我就要到國外去一個月了，雖然因此升官，可是我一點都沒有開心的感覺，一個月耶，魏蔓宜妳知道天天吃速食或披薩的日子有多可怕嗎？再不然就是分量超小怎麼樣都吃不飽的高級餐點，我光想到這裡，整個人就快瘋掉了！還得去應付那些外國客戶，妳不知道他們有多機車，一點也不講人情，什麼事都要照著合約走，出一點點小意外都能跟你『盧』上好幾天，唉。」

「可是，能夠出去一個月也是不錯的經驗啊，我倒是很羨慕妳這樣，或許它目前對妳而言是件苦差事，說不定過了五年、十年，妳反而會懷念這一個月在國外的日子，畢竟不是每個人都能有這樣的機會的，等妳有了家庭、孩子，被綁手綁腳的，妳就會知道現在這樣的妳有多幸福了。」

魏蔓宜的話雖然不足以撫慰我惶惑的心情，卻使我憤憤不平的心境安定不少。

或許真像她說的，這個階段的我，是最自由、最幸福的。

生命裡，總有些取捨。她捨棄自由，只為換來幸福安定的生活，而我犧牲戀愛機會，只為了事業版圖有所斬獲，並保留自己想要的自由。

但其實，我也滿想有個肩膀可以依靠的。

兩天後，人事室的公文張貼出來，果然如總經理所說，我被晉升為業務經理，同時必須到美英等地出差一個月，同行的是跟我同部門的羅穎誠。

消息出來後，一堆人搶著恭喜我跟羅穎誠，還有人要我們兩個人請客。

「明明升官的人是林誼靖，為什麼我也要請客？」羅穎誠面對幾個嚷著要他請客的人，不服氣地反問。

「因為你也要出國一個月啊，等你回來，說不定一樣也會升官發財呀。」其中一個同事這麼說。

「那要不要換你出國一個月，一個月後回來讓你升官發財？」

「啊？不用不用。」那位同事連忙搖手，「我家裡還有兩個嗷嗷待哺的小孩，沒辦法出國啦。」

「我已經很悲情了，你們還要這樣……」羅穎誠神色一轉，露出可憐兮兮的表情。

我平常最不能忍受看到別人裝可憐的模樣，那總會引爆我全身的同情心氾濫成災，於是我出聲幫羅穎誠解圍，「不然這樣好了，今天晚上七點，我們去老總夫人開的那間餐廳聚餐，有時間的同仁全都出席吧！來幾個我就請幾個，不用客氣。」

羅穎誠聽我這麼說，馬上不再滿臉悲苦，反而喜形於色地問我，「那我可以帶家眷去嗎？」

「請問你有什麼家眷？」

我瞇起眼看著這個平常跟我稱兄道弟、吃喝玩樂的傢伙，這小子根本沒半個女朋友，父母也住在南部，能帶什麼家眷？以為我不了解他？

「小咪就是我的家眷，今天牠生日，本來我晚上要陪牠慶生的，結果妳突然要請客，我又不能拋棄牠……」他眨著眼睛，一臉無辜。

小咪是他去年撿到的流浪貓，那時還是我陪他帶小咪去打預防針、做全身檢查的。養了小咪後，羅穎誠生活好像頓時有了重心，話題成天繞著小咪轉。他花了很多心思在小咪身上，還幫小咪造了一間牠專用的木頭貓房，買了一堆貓用品，我常笑他根本就是把小咪當自己女朋友了，把花在小咪身上的心思拿去追女朋友，現在也不會孤家寡人一個！

「你可以再欠扁一點！」我瞪他一眼，不理他。

「那不然，妳幫我邀林姮潔，然後幫我跟她的位置安排坐在一起。」

其他同事紛紛回座後，羅穎誠又神出鬼沒地靠近我，在我耳邊小聲地說。

我本來低著頭在看文件，根本不知道他什麼時候走到我身旁，所以他一出聲，我立刻被嚇得從座位上跳起來，椅子因為我雙腿的撞擊力道瞬間往後滑，撞到了後面的櫃子，發出好大的聲響，幾個同仁都同時抬頭起來看我們。

「嚇死我了啦！」我拍著胸口，哀怨地瞪著羅穎誠，氣不過，又補打了他兩拳，罵他，「你這樣無聲無息的，是想嚇死誰？」

「妳膽子這麼小？」羅穎誠幫我把椅子拉回來，還是一臉欠揍的笑意，「我以為妳天不怕地不怕！」

「你這樣突然出聲，膽子再大的人也會被你嚇死！幹麼啦？你什麼時候突然對林姮潔有興趣了？你不是 gay？」

「我什麼時候變成 gay 了？怎麼我自己都不知道？」

看著羅穎誠那張像受到什麼大驚嚇的臉，我撇撇嘴角，不理會他的誇張反應，繼續說：「我看你進公司後一直都沒交女朋友，根據我多年的觀察經驗，像你這樣的人，肯定性向有問題。所以本仙姑我呢，也用不著掐指一算，就自動把你歸類在 gay 的那個族群裡了。」

「妳進公司後也沒交什麼男朋友啊，那我能不能把妳也歸類為 lesbian？」

「我有交男朋友好不好？」

一聽他這樣說，我瞬間像被什麼咬到一樣，馬上握緊拳頭，咬著牙，一邊努力壓抑住聲調，一邊還不服輸地反駁他，「這幾年我好歹也交了三個男朋友了好嗎？雖然每一個交往時間都不長，但我還是有好好在談戀愛啊，比你這種連半個談戀愛對象都沒有的人強多了！」

「請問，三個男朋友交往的時間加總不超過半年，這樣有什麼好得意的？」羅穎誠表情很淡定，「妳這樣叫詐、欺！」

「我也是很用心在跟他們交往的好嗎？我這不叫詐欺，是叫作有良心！既然他們不是我理想中的對象，那倒不如趁感情還沒有完全放下去之前分手，也省得耽誤了彼此的時間跟青春。」

「講的是人生道理，做的是傷天害理……」

「你再說！」我手腳敏捷地迅速揍他一拳，警告他，「趁本姑娘還有點理智在，你快滾，不然等等鬧出人命就不要怪我！」

羅穎誠聽我這樣說，連忙滾回他的座位去，我耳根子一清淨後，馬上拿起桌上的卷宗起來看，哪知這個神出鬼沒的傢伙在幾秒鐘後又跑過來。

這次他刻意放大了腳步聲，以免又嚇到我，被我罵白目。

「又想幹麼？」我轉頭過去，斜眼瞄了他一眼，繼續低頭看我的卷宗。

「妳還沒答應要不要幫我把位置排在林姮潔旁邊耶。」

「我有什麼好處？」我頭抬也不抬。

「如果我跟她有結果，我會包媒人大紅包給妳。」

他的回答讓我差點翻白眼。

「我可以准你請特休回家去補眠！這裡是上班的地方，不是作白日夢的場所，請不要大白天就在辦公室說夢話，好嗎？」

羅穎誠這次不回話了，露出小咪剛被撿到時那樣可憐兮兮的表情看著我。

「你幹麼？」受不了他用那種眼神看我，我轉身推了他一下，再度警告，「你快回去工作啦，沒把今天進度完成，看我怎麼盯你！」

「可是妳還沒回答我啊。」

「你真的很煩耶！是怎樣啦？你什麼時候開始移情別戀喜歡女生的？」我有些不耐煩了，「而且感情這種事，又不是你坐在她隔壁吃頓飯她就會愛上你這麼簡單啊！」

「所以妳要多幫我製造機會啊。」

「是要怎麼幫啦？」

「只要讓她坐我旁邊就好，真的！拜託。」羅穎誠認真地看我，「我一定會好好把握機會，不會搞砸的。」

聽見羅穎誠這樣說，我才驚覺事關重大，絕對比我擅自把他當成 gay 這樣的事嚴重好幾百倍。

於是我抬起頭盯著他的眼睛，慢慢開口，「喂，你這次是認真的喔？」

「我什麼時候拿感情的事開玩笑了？」

「多久了？」

羅穎誠抓抓頭，頓了一下才說：「好像是上星期開始的吧！」

「她都進公司快一年了，你上星期才開始對她有感覺？」

本來打算要同情他的痴情，結果他的回答讓我快要氾濫的同情心瞬間灰飛煙滅。

不到一星期的暗戀，確實沒什麼同情的好理由。

「之前也沒覺得她多特別啊，可是上星期，我無意間在我們公司旁的巷子裡看到林姮潔買了條白土司去餵幾隻流浪狗寶寶，就突然覺得她好像是身上長了一對翅膀、頭上還有金色光環的天使一樣，很善良、很棒、很漂亮！」

羅穎誠臉上出現難得一見的羞赧，就像情竇初開的男孩一樣，帶著羞怯的微笑，「就是在那一瞬間，我發現自己喜歡上她了……我這樣會不會太隨便？可是我是很認真喜歡她的喔。」

雖然很想毒舌地奚落他怎麼會因為看到她拿白土司去餵流浪狗的舉動，就這麼輕易喜歡上她，另一方面，我卻能明白感情其實真的就是那一瞬間的動心，就像我之前喜歡梁南浩一樣，也是因為覺得他認真工作時的樣子很帥，欣賞久了就很自然地喜歡他，然後愛上他。

喜歡，是一種自然而然的狀態，無法掩飾，無從勉強。

即使明白他已經有了另一個她，還有一個人人稱羨的家庭，但愛情就是會讓人失去理智。在那段維持不到兩年的感情裡，我不只一次告訴自己要理性，不要剝奪了另一個女人幸福的權利。

那是屬於她的幸福，而我，只是跟她借了一點幸福。

借來的，總是要歸還的。

所以，在我們交往的第六百四十三天，我帶著已經碎得再也復原不了的心離開他，將那份跟她借來的幸福歸還她。

那種痛，椎心泣血，是我一輩子都不願再回想的過去。即使這麼多個年頭過去了，我偶爾還是會想起他，那個曾經說要給我全世界的男人，他甚至曾說要讓我的臉上永遠只有笑容、沒有眼淚，承諾著這種他根本做不到的謊言。

魏蔓宜說我只是倒楣了點，才會遇到這種壞男人。

沈珮妤說我是太單純了，才會相信那種鬼話連篇的男人。

但是因為愛，所以我們相信所有的美好未來，相信從他嘴裡說出的字字句句，相信愛情是這個世界上最美麗的信仰。

相信我們的愛情是最浪漫的傳說。

雖然最後還是受傷了，但其實我並不後悔遇見他，因為他曾經給我一種真正活在這個世界上的感受，讓我感覺到生命存在的意義。

「好啦，我想辦法幫你啦。」最後，我被羅穎誠那一臉可憐兮兮，好像全世界只剩他還在辛苦暗戀的表情打敗，掙扎片刻，我無力地這麼對他說。

可是愛情，不是光靠運氣就可以的，更多時候，需要的是包容和決心。

晚上聚餐時，我們部門的人很給面子全都出席了，我們在餐廳包廂裡舉杯歡慶。

我一邊吃東西，一邊聽同事們聊一些無關緊要的小事，一群人說說笑笑，偶爾有人插個話、吐個槽，然後大家又笑成一堆。

這麼簡單平凡的小事，對此刻的我來說，卻是最幸福的事。

魏蔓宜曾經說過，時光一寸一寸地累積，方能成就永恆；快樂一點一點地堆疊，才能完美幸福。

我想，或許我現在就處於她所說的幸福狀態裡。

沒有愛情，沒有可以讓我依靠的肩膀，但有這群可以毫無顧忌地說說笑笑的同事們陪著，人生，好像也就沒那麼平淡無趣了。

坐在我對面的羅穎誠果然很賣力地找話題跟林姮潔聊天，他那個人天生一臉親和力，讓人很難武裝起防衛心。這大概是長得不算很帥卻十分親民的優點之一吧。

偶爾他會轉過頭來跟我四目交接，每次只要我們眼神碰觸，他會對我微笑，我會給他鼓勵的表情，或用嘴型對他說「加油」。

我會突然這麼支持他追林姮潔，其實並不是什麼良心發現，也不是忽然覺得他們兩個人是天造地設的一對……而是看在紅包的分上，羅穎誠早上在公司作白日夢，順口說出嘴的那包媒人紅包！老實說，我這輩子還真沒拿過媒人紅包呢！如果有機會收到，沾個喜氣，好像也不賴。

情緒 high 到猛跟人乾杯，把紅酒當飲料喝的下場，就是狂跑廁所。

一個晚上下來，我已經跑廁所超過五次了，還好我酒量不錯，有一些微醺，倒還不至於酩酊大醉。不過，再這樣喝下去，我看我應該就不再是跑廁所解內急這麼簡單的事而已，恐怕要抱著馬桶抓兔子了吧。

「喂，夠了喔！不要再跟我乾杯了，我跑廁所跑到連清潔廁所的阿桑都認識我了，這是我的最後一杯，喝完我就不喝了。」

說完，我跟幾個向我舉杯的人一一碰杯，將杯裡的紅酒一飲而盡。

然後，在眾人的目光中很豪氣地走出包廂大門，去廁所解我的第六次內急。

我常想，人生的路程之所以精彩，大概是因為命運總不按牌理出牌。它完全不會依照你設定的腳本走，總在你不經意時，神來一筆安插某個可能讓你嚇破膽的劇情或人物登場，你措手不及，又逃避不了。

我走出洗手間，正想著我是不是應該趁著酒意還沒完全發作，先告別同事回家睡我的美容覺時，我的身後突然傳來一個熟悉的聲音。我的心曾經為他嚴重碎裂，就算早已經告別他，卻仍能在聽見與他相仿的音調頻率時心跳漏拍。

「林誼靖。」他叫住我。

我沒有馬上回頭，腦袋裡卻像突然轟地一聲被什麼東西炸開一樣，太陽穴突突跳動著，耳膜裡彷彿能聽見血液流動的聲音。

整個世界似乎靜止了，安靜得我只聽得到自己的呼吸聲和心跳聲。

多希望一切都是真的，但又害怕是真的！我的掙扎很矛盾。

就像當初我想逃開他離得遠遠的，卻又期待能在各種場合裡，不經意地與他久別重逢，聽他說一句「妳好嗎？我很想念妳」這樣充滿悔意和思念的話語，那會讓我覺得自己在他心裡其實還是有重量的。

我的腳步只是稍稍頓了一下，卻沒有回頭的勇氣，於是只好假裝沒聽見，快步地朝我的包廂走去。

他沒追上來！或許他也有他的顧慮，我是能明白的，但心裡還是有一點失落。

原來，我還有期待！

本來以為離開他這麼久我應該已經心如止水了，以為就算與他再度重逢，也能像老朋友一樣說笑，或許我還能大器地微笑問他和他老婆的感情如何了，小孩應該也到了上高中的年紀了吧……但原來，我還是太高估我自己了。

我沒有那樣的氣度，我知道。

一想到晚上陪他躺在同一張床上聊著生活瑣事的人是他老婆，我心裡還是會微微地泛著酸。

不管再怎麼愛，再怎麼珍惜，不屬於你的，就是沒辦法天長地久！

回到包廂後，我發現我已經沒辦法再回到剛才那種輕鬆的心情跟大家說笑，梁南浩突然出現，嚴重影響我的情緒，我覺得自己真的好沒用！

找了個理由提早告別同事們，拿起包包準備要離開時，今晚看起來跟林姮潔好像有點進展的羅穎誠突然跑過來問我，「要不要我送妳回去？妳看起來好像喝多了！」

「不用啦。」我笑，又偷偷指指林姮潔，「不是還在把妹？」

「妹比不上朋友啦！」羅穎誠掏出他口袋裡的車鑰匙，「走吧！我送妳回家。」

「真的不用啦。」我搖頭，眼睛偷瞄了一眼林姮潔，發現她正朝我們的方向看過來。我把目光拉回來，看著羅穎誠，說：「而且，林姮潔還在等你耶。」

「可是……」

「真的啦，我說不用就是不用。」我走到羅穎誠背後，將他往林姮潔的方向推著走，「我沒有很醉，還可以把我家的地址清楚地告訴計程車司機，沒問題的！你就好好去跟林姮潔培養感情吧，快去快去。」

拗不過我，羅穎誠只好不怎麼放心地轉頭看我，叮嚀著，「那等等妳上車後就用line 傳訊息給我，跟我說一下妳坐的計程車車牌號碼。」

「好啦好啦！很愛瞎操心耶你。」我嘴裡說得無奈，嘴角卻洩漏了笑意。

有人關心的感覺，真好！

「記得喔。」

送我到門口時，羅穎誠還是很不放心。

「知道啦知道啦！」我甩甩手，催促他，「你快進去啦！我等等上車會記得傳訊息給你。」

見羅穎誠轉身，我才繼續往餐廳門口的方向走去，卻在走出門外時，遇到守在大門邊的梁南浩。

「林誼靖。」

一開始我並沒看見他，直到聽見他的聲音，我才發現他正好整以暇地倚靠在餐廳外的造景白磚牆前，還是那副紳士般的悠然姿態，一如多年前我所迷戀的模樣。那時我最喜歡看他倚在牆邊等我的樣子，好像他是王子，而我，是他等待千年的公主。

不過，現在不是做公主美夢的時候……這個人刻意站在餐廳外面，難道真的是在等我嗎？

看著他一步一步走向我，我的心跳越來越劇烈，撲通撲通撞得胸口隱隱發疼。

「嘿！好久不見。」他輕輕地說。微微揚起的四十五度微笑弧線，猶如王子般優雅迷人。

「好……好久不見……」唉！我果然不是當公主的料！光這麼簡單的四個字也被我講得零零落落。

「妳好嗎？」

他已經走到我面前，身上有淡淡古龍水的味道，是我們在一起時我送他的那款古龍水。我曾經對他說過我很喜歡這種味道，希望他身上能有我喜歡的專屬氣味，那時他答應了，說會在他自己身上一輩子只留有我喜歡的氣味。

曾經的冀望，想不到他卻信守承諾至今。

「還……不錯。」我努力微笑，勇敢地抬頭看著他的眼睛，「你呢？」

他只是笑著搖搖頭，一雙深邃大眼盯著我，卻沒再說話。

沉默的時間裡，分秒都是煎熬，我才撐十幾秒就忍受不了了。

「那……我先走了！你請保重。」

說完，我頭也不回地就走到大馬路旁，打開一部停在餐廳外排班的計程車車門，正打算鑽進車裡，梁南浩的聲音從我背後又傳來。

「我不好！一點都不好！沒有妳，我根本好不了……」

我們都太傻，都太想擁有一份不屬於自己的幸福，
卻又捨棄不了那份屬於自己的不快樂。

我應該是哭了吧！我不知道。

只是望著窗外不斷倒退的景色時，我覺得鼻頭酸酸的，眼睛好像也濕濕的。

「小姐、小姐……小姐，妳沒事吧？」計程車司機叫了我好幾聲我才回過神來。

「啊，沒事沒事。」我有點不好意思地回答他。真丟臉，居然在一個陌生人面前無意識地掉眼淚。「不好意思喔，我……」

「沒關係啦，我只是要跟妳說，妳椅子後面有面紙，如果妳需要，盡量用沒關係，那些都是加油送的，不用錢啦，妳不要客氣。」

這個計程車司機大哥未免也太誠實又太可愛了吧！連面紙是加油送的都老實交代。基於司機大哥的熱情招呼，我順勢抽了兩張面紙捏在手上。

這時，我的手機響了一聲，是訊息傳進來的聲音。

「妳坐上計程車了沒？」

羅穎誠傳了訊息來。

「啊，我忘了跟你說，我坐上計程車了。」打完這幾個字，我連忙抬頭起來搜尋司機大哥工作證下的車牌號碼，把那幾個英文字母跟數字傳給羅穎誠。

「妳真的很讓人不放心耶。」傳完這幾個字，羅穎誠又傳了一個嘆氣的表情。

「好啦，我不是故意的嘛！你也知道，女人一旦過了二十五歲，記憶力就會直線下滑，我也很不願意啊！」我回贈一個無奈的表情圖案。

「算了啦！到家再跟我說一聲吧，我先送林姮潔回家了，記得喔，不要再忘記了。」

「好啦，知道了啦。」

跟羅穎誠傳完訊息，我才發現自己的嘴角居然掛著笑。

「跟男朋友和好啦？」計程車司機從照後鏡看著我說。

「啊？」我差點反應不過來，旋即又立刻明白他的意思，「喔，這不是、不是我男朋友啦！我、我沒有男朋友……」

「啊妳長得這麼漂亮沒有男朋友喔？」司機先生的語氣裡透露出不可置信。

「呃……嗯。」我尷尬回答。

司機先生沉默片刻，又開口，「啊，不要緊啦！緣分的事很難說啊，說不定是緣分還沒到，等緣分一來，馬上就會遇到妳理想的對象了，不要失望啊，加油！」

「謝……謝。」

我依然很尷尬！

被一個萍水相逢的人鼓勵，要我別放棄尋覓好對象，那種感覺確實很怪異。

然後一路上司機不停找話題跟我聊，大部分時候都是他在說，偶爾我才會回答一兩句。面對這麼熱情的司機，我其實還真不知道要怎麼應付，只能敷衍幾句地回答他，不敢掏心挖肺地回答最真實的答案，再怎麼說，他到底還是個陌生人，而我也早就已經不是初出社會的小女生，該有的防衛心我還是有的。

抵達我家巷子口時，我連忙塞了車錢給他，逃也似地趕緊下車，怕再不趕快離開，司機先生恐怕會熱情地連我家祖宗八代都一一調查過一遍。

剛走出大樓電梯，正把手伸進包包裡掏啊挖的，打算從包包裡那一堆雜物中撈出我家鑰匙時，手機的訊息聲又響了。

「到家了沒？我剛送林姮潔回到家。」羅穎誠這個操心鬼又傳訊息過來。

「剛到，正在開門。」

回完訊息，我正巧從包包裡撈到鑰匙，開了門後，才剛換好室內拖鞋，羅穎誠的訊息又丟進來了。

「妳還好吧？沒喝多了吐在計程車上吧？」

「我酒量有這麼差嗎？」

「也是！妳可是我們部門裡公認的酒鬼呢！」

「講那什麼話？我是酒量好，不是酒鬼……話說，你送林姮潔回家，有沒有把握機會跟人家來個深情的吻別？」

「吻妳個大頭啦！林姮潔如果是那麼隨便的女生，那我還真要好好考慮一下了。」

「所以……沒有吻別？」

「沒有！而且請妳以正派的角度來看我，我不是那麼猴急的男生，好嗎？該有的等待跟守候，我還是會一一做到的。」

「喔，真的？那……好吧！」

「為什麼要回答得這麼勉強？」

「沒有，我只是太感動了！」我虛偽地回答，再附贈一個痛哭流涕的表情。

「也是！像我這麼優質的男生，的確是能讓女生感動的。」

「我是感動原來 gay 一談起異性戀也會用起深情守候這一招……」我邊傳訊息邊笑，還能想像羅穎誠在手機那頭看到內容時暴跳如雷的表情。

「就跟妳說了我不是gay……」他果然傳了個漲紅臉的生氣圖案過來。

「好啦！終止討論你是不是 gay 這個話題啦，那不是重點。」我傳出這句話，還正在打下一句話時，羅穎誠馬上動作迅速地回傳訊息了。

「這就是重、點！我真的不是gay！我也交過女朋友，好嗎？」

他還在堅持，而我則再次被他認真否認的態度弄笑。這個人啊，平常是百無禁忌的，跟他說什麼他都可以接受，怎麼開他玩笑，他也可以嘻嘻哈哈讓大家把他當玩笑話題，唯獨說到他是gay，他就會變得異常嚴肅。

「那你跟林姮潔聊了一個晚上，打算把她追起來當女朋友嗎？」我轉移話題。

「她確實是還不錯，但還要再觀察觀察。」

「觀察？是她要再觀察觀察你吧！喂，人家條件這麼好，你還需要觀察啊？如果覺得不錯，就先下手為強啦，還觀察什麼？」

「哎唷妳不懂啦！妳知道像我們這種三十歲的男生，跟女生交往已經不像學生時代那樣牽牽手談談戀愛，合就來、不合就散那麼簡單了。我們現在談的戀愛，都是以結婚為前題在跟女生交往，愛情已經不再是口頭上的我愛你、你愛我那麼膚淺了，是某種責任的形成，那是一種態度！所以一定要慎選。」

「不過就是談個戀愛，弄得這麼複雜做什麼？」我不懂他的堅持。「我覺得談戀愛就是處在一種身心最愉悅的狀態裡，沒必要把神經繃得那麼緊，太累了。」

「那是理想中的狀態啊！但不要忘了，我們是生活在現實裡的，誼靖姊！」

「閉嘴！不要叫我誼靖姊！」

這次換我情緒暴走了！年紀漸長，公司裡越來越多人叫我「誼靖姊」，叫到後來，他們全叫順口了，就連一些年紀比我大上幾歲的同事，也裝年輕地叫我「誼靖姊」，害我有時還真想拿膠帶把他們的嘴巴一一黏起來！

「幹麼？妳很介意人家叫妳誼靖姊？」

「廢話！哪個女生喜歡被大家叫姊姊？除了謝金燕！」

「可是林姮潔叫我穎誠哥時，那聲音多悅耳啊！她講話就是娃娃音，那句哥的尾音還會往上飄，說有多銷魂就有多銷魂……」

「色鬼！還說你會等待跟守候！我看你是巴不得趕快撲倒人家吧！」

「怎麼妳滿腦子都是不正當思想？嘖嘖，這樣不好吧？男生會被妳嚇跑的。」

「你回到家沒？」

「幹麼突然轉話題？還沒啦。」

「那你在哪裡？」

「在林姮潔她家外面的馬路邊跟妳傳 line，怎麼了？」

「沒事，我記得你的車牌號碼。」

「那又怎樣？妳要過來找我？」

「你想得美！我是要報警叫警察過去抓你酒駕啦！我記得你今天晚上有敬我一杯紅酒，說不定還測得出酒精值，我叫警察過去幫你測測。」

「妳瘋了嗎？玩這麼大！」羅穎誠傳來一個受到驚嚇的表情符號，接著又傳來訊息，「請問妳玩這麼大的訴求是什麼？」

「不准再叫我誼靖姊。」

「妳好幼稚！妳明明就是誼靖姊啊，再說，妳確實是比我大兩個月，我叫妳姊姊也不為過吧！」

「你可以閉嘴了！再說我就真的報警了。」

「好啦，那我要開車回家了，回到家我再跟妳報平安。」

「不必！我不需要知道你有沒有平安到家！你不歸我管。」

「唉呀，妳這樣說我好傷心啊！誼靖姊……」

「羅穎誠，信不信我去林姮潔面前掀你的底細？」

「我有什麼底細可以讓妳掀？」

「我會跟林姮潔說你其實是 gay 這個底細啊。」

「算妳狠！不聊了，我要回家了……」

誰不喜歡被等待與守候？

不過一旦你過了三十歲，就沒人會再對你使用這把戲了。

隔天一早，我因為前一日把車子放在公司地下室的停車場，只好提早時間出門，搭計程車上班。來到公司樓下時，我才剛下計程車，就看到羅穎誠和林姮潔兩個人有說有笑地從對街走斑馬線過來。

「早！誼靖姊。」

林姮潔先看見我，遠遠地就舉起手，很有活力地向我打招呼，一張臉笑得跟蜜一樣甜。

我才剛要微笑跟她說「早」，一旁的羅穎誠就插話了。

「早啊，誼靖姊！今天怎麼這麼有閒情逸致？還搭計程車上班啊！」

這人顯然是「白目鬼」投胎轉世，居然馬上忘了我昨晚的警惕，還這麼大聲地叫我「誼靖姊」！

「因為我是守法的好公民啊！知道昨天的飯局必然會被大家灌酒，所以很有先見之明地把車停在公司停車場，可不像某人，居然膽大包天敢挑戰公權力，酒後還不怕死地開車回家，想想昨天對他手下留情可真是客氣了，應該大義滅親一下才對，省得日後他故態萌發，萬一不小心肇事了，那可就對不起社會大眾啦。」

我把話講得又尖酸又刻薄，羅穎誠是聰明人，當然知道我在說什麼。

「但是紅酒的酒精濃度能有多少呢？更何況那杯酒之後，我又吃了一堆東西，隔了快兩個小時才去開車，就算真的被酒測，也不一定能測出什麼。」

羅穎誠的脾氣絲毫沒被我挑起，他依然笑嘻嘻的，「誼靖姊妳不要記仇，我怕妳宿醉會頭痛，一早還特地去幫妳買了杯熱拿鐵，妳看看有幾個人像我這麼貼心的？真的是『揪感心』啊，是不是啊？」

「揪個頭啦！」我繼續瞪他，咬牙切齒，「你不准再叫我誼、靖、姊了，聽見沒？」

「好啦好啦，我聽見了啦，妳不要一早就脾氣不好，會影響今天的工作心情喔，真的！」羅穎誠說著，向我擺擺手，拉拉一旁的林姮潔，接著又對我說：「那我們先進去了喔，一會兒見啦，誼靖姊。」

一叫完我誼靖姊，趁著我還沒來得及發飆，羅穎誠就笑嘻嘻地拉著林姮潔逃也似地閃進辦公大樓的大廳，混入那些等著搭電梯上樓的人群裡。

走進昨天剛換的經理個人辦公室裡，我一眼就望見桌上那杯咖啡，咖啡杯底下還壓著一張紙條。

「誼靖姊，希望妳一整天都有美麗的好心情。」

我認得出羅穎誠的字跡。雖然他大部分時候都很自白，偶爾還是有貼心的一面。

啜了一口還冒著熱氣的拿鐵，那溫醇的口感瞬間讓心整個都幸福了起來。

這就是羅穎誠貼心的時候！雖然只跟我喝過一次咖啡，他立刻就記住我喜歡的是哪間店賣的熱拿鐵，還注意到我喝的拿鐵是不加糖的。

「謝啦，你的咖啡。」

我放下手上的咖啡，用 line 傳了訊息跟羅穎誠道謝。

他沒有馬上回我，手機螢幕上的訊息也沒有顯示「已讀」，或許他正忙著。

我沒有多想，從桌上那三四份卷宗裡挑一份出來看，開始一天的工作。

一直到手機回覆訊息傳過來，我才注意到時間已經是中午十一點多了。

「只是順路繞過去買的，不用道謝。」羅穎誠傳來一張笑得嘴快咧到耳邊去的圖案，接著又傳訊息來，「等等一起吃午餐？」

「只有你跟我？」

「不然妳還想約誰？」

「林姮潔不一起去？」

「我沒約她耶。」

「你不是打算追她？我覺得你應該約她去吃飯，不是約我吧！」

「追她跟吃飯是兩回事！我現在看到她，不知道怎麼的，心跳會一直加速耶，有時還會手腳發軟，尤其是當她看著我微笑時，我還會緊張到講話結巴……妳看我這樣是要怎麼跟她一起吃飯？」

我把身體埋進工作椅的椅背裡，拿著手機看羅穎誠傳來的訊息，嘴角有一朵微笑不知不覺綻開來。

「哎唷，你這次是真的栽了耶，恭喜你啦！那我的媒人紅包是不是很有機會拿到？」

「八字都還沒一撇呢！妳現在講這個會不會太早啦？」

「怎麼會？一段感情最難是難在起頭時，只要起了頭，中間的過程沒有太坎坷的經過，通常很快就會有結果啦。」

「講得好像妳很了解一樣……」

「你都沒在看電視嗎？偶像劇裡都是這麼演的。」

「我只看新聞跟財經節目，不看偶像劇的。」

「難怪你到現在還交不到女朋友。偶像劇那些橋段你要是多少學一點，要交一打女朋友應該也不會是問題！」

「真有這麼神？那好！妳推薦幾部，我晚上去找來看，看看是不是能精進我的把妹功力。」

於是我列了幾部偶像劇劇名給他，再強調，「結果因個人功力而異，若你的領悟不夠，或基本功不足，不保證你會像男主角有幸福結果喔。」

「災啦災啦……」羅穎誠迅速回訊息給我，「好啦，妳到底要不要跟我一起吃飯啦？我有些事情要請教妳耶。」

「說『請教』不敢當，不過如果你需要，本宮倒是願意給你指點指點。」

「妳宮廷劇上身？我偏不要配合你！我是來自外星球的都教授。」

「是胖嘟嘟的『嘟』教授嗎？」

「……」

跟羅穎誠打屁笑鬧一陣後，他直接把餐廳地址傳給我，然後提醒我，「十二點十分，遲到的要付錢，妳慢慢來沒關係，我沒別的長處，唯一的長處就是擅於等待。」

哼！我偏不中招。

瞄了一眼手機時間，已經十一點五十三分了！當主管有個好處，就是不管你什麼時間要離座，都不會有人管你。

於是我拎起包包，直接往外頭走，經過外面職員辦公室時，正好瞧見羅穎誠轉頭，與我四目相交時，我朝他露出得意的微笑。

他低頭看看自己的手錶後，舉高手，皺著眉頭，用手指指著他的錶。

我聳聳肩，還是笑得花枝招展，指向門口的電梯，用嘴型跟他說：「我先過去啦！」

羅穎誠一臉憤憤不平，看他的表情，我更樂了。

走到他指定的餐廳，我才剛坐下不到一分鐘，羅穎誠就氣喘吁吁地跑來。

「喔！妳作弊。」他彎著腰，把手撐著膝蓋上，喘得好像剛跑完五千公尺一樣。

「有沒有這麼弱啊？才多短的距離，你居然喘成這樣！」我很沒良心地笑他。

「沒辦法，在你們英明的老闆帶領下，我是賺了病體，賠了健康。」

「講得這麼可憐！不然這樣好了，以後每個假日我們都去跑步。」

「妳講真的還是假的？」羅穎誠不可置信地睜大眼。

「你那是什麼表情？我的樣子像在跟你開玩笑嗎？」

「妳們女生不是都不喜歡運動？」

「對大部分的女生來說，運動是天敵，但我不一樣。」

「妳哪裡不一樣？」

「我是男人婆！」

羅穎誠聽我這麼說，馬上扯了扯嘴角。

「你這樣笑是怎樣？有什麼意見？」

他搖搖頭，良久才回答我，「頗貼切。」

「什麼？」

「男人婆這三個字用在妳身上，頗貼切。」

羅穎誠果然是白目鬼！他不知道有些人是可以自嘲，卻不准別人跟著嘲笑的嗎？對！我就是這種「只准州官放火，不許百姓點燈」的小氣鬼。

「找死嗎你！」我說。

「哈！吃飯吃飯。」羅穎誠見我臉色一變，馬上機靈地在臉上堆滿討好的笑，拉開椅子坐下，把放在桌上的 menu 遞給我，「妳要吃什麼？我請妳。」

即使沒有可以依靠的肩膀，不過，有可以相約吃飯的飯友好像也還不賴。

既然羅穎誠說要請客，我當然毫不客氣地點了最貴的那份套餐，免得點太便宜的，會讓人家誤以為我們看輕他的深口袋。

「喂，妳也太狠了吧！我一個月是賺多少，妳點一份午餐就要七百多元，會不會太誇張了？」

幫我們點餐的服務生一走，羅穎誠馬上壓低聲音向我抱怨。

我神色自若，從容地拿起桌上的水杯喝了一口水，淺淺微笑，淡淡回答，「既然你要請客，我當然要表示我的誠意，如果點太便宜的餐點，不是很對不起你嗎？」

「點這麼貴的就很對得起我？」羅穎誠根本沒把我當他的主管看，他撇撇嘴角，說：「而且妳確定妳吃得完？不要求我幫妳吃喔。」

「我怎麼可能吃不完？你放心，我不會要求你幫我吃的啦。」

「不知道是誰前幾天還在跟我說她是小鳥胃。」

「哼，我今天為了要跟你吃午餐，早就已經自動升級成禿鷹胃了，怎樣？」

「好厲害，還會自動升級喔？請問妳是用哪一套升級軟體？」

「不告訴你。」

「幼稚鬼！」

「白目鬼！」

跟羅穎誠鬥嘴真是太好玩了，他的臉部表情很有戲劇效果，常常讓我看著就想笑。

我們兩個人你來我往的唇槍舌劍，持續到羅穎誠的餐點送來才停止。

他點的焗烤海鮮麵看起來很可口，我的餐點還沒來，但我的肚子早就餓得咕嚕咕嚕叫個不停。

「分我吃一口。」

我拿起叉子，也不管他答不答應，手一伸，就往他的午餐進攻了。

「哇塞，真好吃。」我把熱呼呼的焗烤起司跟麵一起放進嘴裡，起司的香氣瞬間從味蕾漫延開來。

「那……妳要不要先吃？我這份先給妳。」

羅穎誠大方地把他那份餐點推到我面前。

「不用了啦！我點的東西應該也快上了，你先吃吧。」

真好笑！剛才兩個人還幼稚得像孩子一樣鬥著嘴，現在卻禮貌地客套著，好衝突的相處方式喔。

沒多久，我的餐點一一上桌了。

「這個生菜沙拉好新鮮、好好吃，你要不要吃一點？」我指指自己眼前那一盤生菜，問羅穎誠。

羅穎誠把他的空盤推到我面前，說：「好啊，來一點。」

然後他又說他點的巧達濃湯味道超讚，問我要不要喝看看。

於是我們兩個人就這樣分享起彼此的餐點。

「很不錯啊這間餐廳，你怎麼知道這裡的？」我問。

「業務二部的魏姊介紹的，說這裡很適合約會，帶女朋友來這裡吃飯也很適合。」

「喔？那你不是應該約林姮潔來嗎？怎麼約了我？」我擠擠眼，開玩笑地說：「莫非……你喜歡姊姊級的？」

羅穎誠本來在喝飲料，聽我這麼說，馬上被他嘴裡的飲料嗆咳了起來。

「幹麼？講中你的心事，你也不用反應這麼大吧！」我撕開桌上的濕紙巾外包裝，把紙巾遞給他。

羅穎誠接過去，拿紙巾摀著嘴又咳了幾聲，接著埋怨地瞪著我。

「以後妳要講話時請看場合好嗎？差點被妳說的話嚇到咳死……」

我咧著嘴笑，不回話。

「我就是沒吃過這裡的東西，所以才想邀妳一起來吃看看，妳的嘴那麼挑，妳認可的餐廳我才敢帶林姮潔來嘛，萬一沒先來探路，光聽魏姊的推薦就帶林姮潔來，吃到又貴又難吃的東西，那我在林姮潔心裡的分數一定會大打折扣吧。」

「哎唷，我怎麼覺得某人還沒開始談戀愛就已經罹患愛情病了！」

「愛情病是什麼？」

「就是不管有什麼東西、去什麼地方，第一個想到的都是和那個人分享，在乎他會不會也喜歡，想著自己在他心裡的地位重量，擔心自己在他眼裡的分數是高或低……羅穎誠你慘了你，你的單身貴族生活就要終結了，我會為你哀悼的。」

「有這麼誇張嗎？不過就是談戀愛，就悲慘到妳要替我哀悼？」

「你不知道男女之別嗎？女生一談起戀愛，就是麻雀變鳳凰，出門有人專車接送，逛街有人提包包、搶著付錢，肚子餓時，有人會特地送上熱騰騰的食物，任性要賴鬧情緒，有人疼著、哄著、呵護著……但你們男生不同，你們一談起戀愛，馬上就從王子變隨從，任憑女友呼來喊去，根本就和被打入第十八層地獄差不多……」

羅穎誠皺皺眉，看著我，「妳這是在恐嚇我嗎？」

「我是在跟你分析最現實的層面，為了愛一個人，你必須要做很多的犧牲。」

「所以妳一直不談戀愛，是為了拯救下一個即將被打入第十八層地獄的男人嗎？」

「我沒有這麼大愛。」我吃了一口甜點，笑得跟甜點一樣甜，「等我發現哪個男人該死時，我一定毫不留情就讓他下第十九層地獄。」

「妳……好可怕喔。」

「知道就好！」我刻意在臉上堆滿笑，「女人都是很可怕的，不是你惹得起的，所以要乖一點喔，知道嗎？」

羅穎誠翻了翻白眼，故作不在乎地說：「也、也不是全部的女人都像妳說的這麼可怕，至少我覺得林姮潔就不會那樣。」

「這種事，不是你覺得就準的，真的交往幾個月後，你再來跟我說你的答案吧。」

看羅穎誠半信半疑的表情，我都快憋笑憋出內傷了，這個人真單純，我隨便說幾句話就被唬得一愣一愣的，好好玩。

這個人的戀愛經驗少得可憐，根據他自己的說法是，他國中時曾經喜歡一個女生，兩個人也短暫交往過，不過畢竟是學生，純純的愛終究抵不過重重的升學壓力，還有來自雙方父母的嚴重反對，所以酸酸又甜甜的初戀，就這麼無疾而終。

然後高中他就讀的是男校，根本沒有機會認識女生。

直到大二，他才跟自己的直屬學妹談了將近三年的感情，然而就在他即將畢業之際，學妹劈腿了……從那段感情之後，羅穎誠的感情世界就空白一片，直到現在。

「你還喜歡你學妹喔？」我曾經這麼問他。

「沒有啊，都那麼久的事了。」羅穎誠搖頭笑著。

「那不然你為什麼都不交女朋友？」

「沒遇到喜歡的啊。」

「你喜歡什麼樣的女生？」

「讓我有感覺的。」

「廢話！誰會喜歡自己無感的人？我的意思是，你喜歡的女生必要條件是什麼？」

「嗯……應該是只要是女的都可以吧！」

這個人還真不挑！

「我家隔壁有個七十幾歲的阿婆，她老公在她三十幾歲時就掛了，她一直守身如玉到現在，要不要我介紹她給你認識認識？喔，她是女的喔，貨真價實。」

我故意鬧他。

「呃，這個年紀也太大了些，我恐怕無福消受。當然年紀要跟我相仿，或比我年輕的才行啦，個性溫和一些，不要老是無理取鬧要我哄，不用家財萬貫，但至少別負債，不用太漂亮，但至少帶得出門，學歷不用太高，不過至少要大學畢業，不用飽讀詩書，不過至少可以跟我對答如流，不用運動細胞很好，不過至少可以常常陪我跑步、打籃球……」

哇塞！原來他還挺挑的！

「我看你還是繼續留戀過去那段美好的戀情吧！你的另一半目前大概還在火星，還沒來到地球，請你繼續等待吧！」

最後我搖著頭說，也突然明白為什麼他會一直交不到女朋友了。

我們都在期待一個好的情人，和一段美好的戀情，
只是，愛情從來就不是我們想像的模樣。

老實說，羅穎誠會喜歡林姮潔，我還挺意外的。

林姮潔的外型亮麗，而且十分活潑，不太像是羅穎誠會喜歡的那種女生，我一直以為羅穎誠喜歡小家碧玉型的女生，比如我們公司的另一個叫作徐巧鈺的年輕美眉。

不過，愛情這種事本來就很奇妙，美女配醜男的例子也是時有所聞……呃，我只是在比喻，並沒有影射誰喔！

兩個星期後，羅穎誠就要跟我一起到外國出差一個月，誰能保證一個月後一切是否如昔？說不定等我們再回來時，林姮潔身旁已經有了她專屬的護花使者也不一定。

「我倒是沒想這麼多！如果她是我的，那就會是我的。如果不是，就算我對她再怎麼好，她還是會說走就走啊。」

羅穎誠嘴裡說得豁達，可我卻比較想知道他心裡是不是也真的這麼想。

人類是很喜歡說謊的動物，尤其是身在愛情中的時候。有時是為了面子而說謊，有時是為了讓自己心情好過點才說謊，但更多時候，是為了不想承認事實而說謊。

很多時候，謊言說久了，是會連自己都忍不住相信假象的。

「所以你不打算在出國前跟她告白？」我問。

羅穎誠聳聳肩，嘴角噙著笑，「告白也要看時機啊，更何況我相信她其實也知道我喜歡她，妳們女生不是都有很強的第六感，可以直覺到這個男生是不是在喜歡妳嗎？林姮潔一定也知道我喜歡她。」

「可是女生通常都比較被動啊，就算她知道你喜歡她那又如何？你不表白，難道還要她主動來問你要不要跟她交往？我覺得你還是先下手為強，你也知道追她的人不只你一個，萬一也有讓她感覺不賴的人先跟她告白那怎麼辦？你還是先採取動作吧！反正頂多是被拒絕，又不會少一塊肉，而且我覺得她其實對你的印象也不錯，你的機會應該滿大的。」

我幫羅穎誠心理建設，見他悶聲不語，好像在思考我說的那些話，趕緊乘勝追擊，「怎麼樣？要不要考慮找個時間對她表白一下？或是你如果需要我幫你什麼忙，都儘管講，我能做到的一定不會拒絕你。」

羅穎誠最後點點頭，笑著，「我再找看看有沒有機會跟她說吧。」

雖然接下來的幾天，羅穎誠跟林姮潔之間一點進展也沒有，不過只要眼睛沒瞎的人全都看得出來，羅穎誠對林姮潔異常地好，就連只有下午才會到公司打掃的掃地阿姨也看出來了。

於是一堆三姑六婆全都想當起月老，幫他們兩個人牽紅線。

「我快受不了了，明明是我的事，怎麼大家都熱心成這樣？」某天下班後，羅穎誠拉我去一間海產熱炒店吃晚餐，皺著眉，苦著一張臉對我說。

我哈哈大笑，看著他，「這應該算是我們公司的另一種文化吧！女生多的地方，八卦跟流言自然就多，一有八卦跟流言，雞婆的人當然就會出現，你要習慣。」

「太可怕了。」

「這只是小兒科，萬一你不幸跟公司裡的某個女生交往，後來又分手，那才真的可怕，什麼光怪陸離的傳聞全都會莫名其妙冒出來呢……你還有印象嗎？上次業務二部那個叫張什麼的男生不是跟公關部的一個女生在交往嗎？後來兩個人分手，男生被傳得多難聽，子虛烏有的事全出來了，鬧到業務二部的經理都看不下去，跳出來幫他講話。」

「這件事我有印象……」羅穎誠嘆了一口氣，笑得勉強，「那時我還跟其他同事說那個男生真笨，交女朋友幹麼要交同公司的！沒自由又沒隱私，分手了還要被其他同事言語攻擊，真是呆死了，要是我，才不要跟同公司的同事談戀愛呢！結果……喂，這就叫現世報嗎？」

「是孽緣。」

羅穎誠又扯了扯嘴角，說：「難怪我媽老說：話不要說得太滿，世界上有很多事都不是能如你所願的。比如她說她年輕時的擇偶條件是，第一，不能是生意人，因為她不想被一間店綁死，沒有自由。第二，對方不能抽菸。第三，對方不會喝酒……結果我爸這三項全都中，妳說，我媽會不會氣死？可她偏偏又愛我爸愛得要命，所以罵歸罵，還是得認命，所以她說，你越是不想要的，它就越是會發生在你身邊；你越是期待的，它就越是離你更遠……」

「那我現在可以期待我的擇偶條件是：第一，不能太高太帥。第二，不能家財萬貫。第三，不能溫柔體貼地包容我，也不可以老是以我為世界中心……你說我這樣期待，是不是我未來的另一半就會與我期待的相反？」

我笑得滿臉奸佞，要真像羅穎誠的媽媽說的那樣，我未來必定是個貴太太！嘿！光想就讓人覺得未來充滿無限美好與無窮希望。

「妳不要想太多！以我的觀察，到目前為止，妳的人生確實是照著妳的希望在走，所以妳的期待很有可能會成真喔！」

「羅穎誠，你是找死還是欠扁？」

本來以為關係會一直在原地踏步，想不到，三天後，毫無進展的兩個人有了急速的變化。

林姮潔主動向羅穎誠告白了。

當羅穎誠在 line 上面傳訊息告訴我這個驚人的發展時，我的嘴巴打開了整整將近一分鐘，完全合不起來。

「羅穎誠，是不是男人啊你！居然讓女生主動向你告白！」我傳訊息過去酸他。

「我還沒做足心理準備嘛！雖然我也知道只要鼓起勇氣跟她說我喜歡她，再問她願不願意給我一個守護她的機會就好，但不知道為什麼，看到她我就會詞窮，腦袋也會瞬間當機啊。」羅穎誠回傳訊息過來。

「那……她向你告白時，你有沒有腦筋一片空白，整個人大當機？」

「當然有！」

「所以呢？你怎麼回答她？」

「我那時完全不能思考啊，耳朵裡也嗡嗡嗡叫，所有聲音都變得好遠好不真實，等我回過神來，我已經告訴她我的答案了。」

「所以你們明天開始會手牽手一起上班嗎？哇！我太意外了！明天我請你們兩個人吃蛋糕，就當作是我對你們的祝福吧。」

「我想我們明天不會手牽手一起上班吧！」

「也對！在公司還是低調一點比較好，免得又被當成茶餘飯後攻擊的對象。」

「這跟低不低調沒關係啊。妳知道我是怎麼回答林姮潔的嗎？」

「嗯？你不是已經把你的答案告訴她了嗎？你那麼喜歡她，這有什麼好猜的？肯定是你開心得直說好好好……」

「我跟林姮潔說我再想想。」

瞬間，我覺得我的頭上有一大群烏鴉飛過，臉上肯定還冒出三條線。

「羅穎誠，你是豬頭嗎？」我忍不住想直接打電話去罵他！這人是大腦打結了嗎？多好的機會啊！他居然給這種氣死人的答案！

「我也很想直接咬斷自己的舌頭啊！」羅穎誠傳了一個哭臉過來，接著又傳訊息說：「妳不知道我有多懊悔。」

你越是不想要的，它越是會發生在你身邊；
你越是期待的，它就越是離你更遠。

因為羅穎誠的豬頭回答，林姮潔足足有兩天的時間不理他，我上班時也老是不能專心工作，總不由自主把目光移向透明玻璃牆外，觀看那兩個男女主角的一舉一動，挺後悔沒買爆米花跟可樂來公司，不然就能邊吃東西邊看好戲了。

根據我的觀察，這兩天，羅穎誠至少打了超過十次內線給林姮潔，不過每一次林姮潔接起電話後都直接掛掉，連一句話的上訴機會也不給羅穎誠。

就跟他說了，女人是惹不起的，他還妄想林姮潔是個例外，哪知她才是真正的狠角色！

只能說是羅穎誠自己活該倒楣，沒人像他這麼白痴的，就算腦筋因為被告白而空白一片，可是再怎麼嘴笨的人，也不會告訴自己喜歡的對象說「我再想想」。這樣的回答不是等於直接拒絕對方嗎？

先對人家女生百般溫柔，又天天噓寒問暖，好不容易女生鼓起勇氣告白，卻得到這樣的回答，要是我是林姮潔，也肯定一整個不爽。

羅穎誠這兩天心情很鬱悶，我也好不到哪裡去。

梁南浩不知道從哪裡打聽到我辦公室的專線，前天他在接近中午時打了電話給我。

一開始他並沒有出聲，我對著沒有回應的電話「喂、喂」叫了好幾聲，大概是確認出那是我的聲音，梁南浩最後才出聲，「……是我。」

這聲音太熟悉了，曾經在多少個夜裡，他的聲音伴隨著我度過漫長寂寞，那也許是我一輩子都不會忘記的聲音。

我沒有刻意假惺惺地問他，「請問你哪位？」這一類一聽就很虛偽的問題，只是以淡淡的聲音勉強掩飾住內心的驚濤駭浪，開口說：「你怎麼知道我的電話？」

「這個圈子能有多大？只要妳還在貿易圈裡，要打聽妳的消息也不是多難的事。」

突然有股淡淡的哀傷迅速襲上心頭……

是啊！這個圈子是不大，也許誠如同梁南浩所說的，只要有心就能打聽到彼此的消息，只是……在我們分手初期，難道他就不曾想過再把我找回去？他放棄的不僅僅是我，還有我們曾經許諾要一輩子不離不棄的愛情。

「一起吃個飯好嗎？我們好久沒有好好聊聊了。」他說。

一起吃個飯，然後呢？我們的愛情也是從「一起吃個飯」開始的！那時梁南浩是我的直屬上司，我們常常一起工作，有時我們兩個人一忙起來，總是忘了吃午餐或晚餐，等工作告一段落，梁南浩就會用內線打電話給我，說：「一起吃個飯吧。」

原先只是很單純的吃飯，到後來，我開始會期待這種兩個人的約會，在那短短一個多鐘頭裡，我們可以拋開公事話題，像朋友一樣聊天，我私心覺得在這短暫時光中梁南浩是完完全全屬於我的。

愛情，或許就是在這樣的朝夕相處中萌芽的，等我意識到，早已經泥足深陷。

「……不好吧！」我說：「而且我最近很忙，也沒什麼時間。」

「只是吃個飯，不會花妳太多時間的。」梁南浩的聲音很誠懇，「妳工作起來老是忘了吃飯，這樣對胃很不好，妳的胃還好嗎？還常常會胃痛嗎？就算再怎麼忙，東西還是要記得吃，好嗎？」

我聽著，眼眶卻漸漸潮濕起來。

也許是太寂寞了吧，所以，聽見別人關心的語氣就能觸動心底最纖細的那根神經，牽引淚腺。

我還惦記著梁南浩，我知道。

畢竟他是我生命裡最美的那一段曾經。

「對不起，我還在忙，先掛電話了喔，再見。」

為了不讓自己快失控的情緒在梁南浩面前潰堤，我只能選擇逃避，於是匆匆地說著，不給梁南浩任何說話機會，然後很快掛斷了電話。

他沒再來電，而我的心情卻被他成功地影響了。

那天傍晚下班後，我躲到魏蔓宜她家去，梁祐承貼心地把小孩抱進房間，讓我跟魏蔓宜可以好好聊聊。

沈珮妤在半個小時候也到了。她一臉神清氣爽，一點也沒有懷孕初期那種臉色慘白的模樣。

「妳還ＯＫ吧？寶寶有沒有很折磨妳？」我問沈珮妤。

「他哪敢？我每天的胎教就是教他誰是老大！」沈珮妤笑嘻嘻地回答我，又問：「妳今天是想到什麼，怎麼突然約我們？不是說最近會很忙？什麼時候要出國？」

「下星期三要先去西雅圖。」我說：「再來還要去倫敦，還有巴黎。」

「路上小心，記得要帶一些頭痛藥、感冒藥和胃腸藥過去，萬一臨時身體不舒服了可以先吃一下。」魏蔓宜叮嚀我。

我安靜地點頭，心裡覺得暖暖的，朋友還是老的好。

然後我提起梁南浩今天中午打電話給我的事。

「他找妳做什麼？這個人居然還有臉打電話給妳！」魏蔓宜的反應很激動，一副恨不得衝出去甩他幾十個巴掌的表情。

「他問我能不能跟他吃個飯。」我無奈苦笑。

「叫他去吃大便比較快啦……喂，妳該不會答應他了吧？」沈珮好同樣一臉憤慨，見我一時之間不回答，馬上又睜大眼，「……不會吧！妳真的答應他了？」

「沒有啦。」我搖搖頭，「都分開了還當什麼朋友？至少不能在我還對他有感覺的時候讓這種事情發生，我根本對他沒有免疫力，說不定吃個飯，我的心又要整個陪葬進去了。」

「他那個人太可怕了，分明就是只想享樂不想負責，妳還是離他遠一點比較好。」魏蔓宜一臉正經地對我說。

「好男人還很多，妳沒有必要委屈自己，他不值得妳的付出，妳懂的。」沈珮好也勸我。

「我知道啦。」我點頭，語重心長，「已經笨過一次了，我不會再笨第二次，而且那種經驗真的很痛、很難過，我不想再來一次了。」

沈珮好輕輕地抱抱我，「其實妳真的可以考慮一下我老公那個朋友，人家真的很不錯啊！」

「喂，沈珮妤，妳要不要考慮換一下工作？」我受不了地翻白眼，「妳好像比較適合當媒人！」

「他是真的很不錯我才介紹給妳耶。」沈珮妤眨眨眼，微笑著，「而且介紹對象也是會有壓力的，我也很怕介紹那種不優的人給妳認識，這樣我們的姊妹情誼恐怕就要面臨考驗了……所以，有一個連我都覺得條件很優質的對象，妳要不要也考慮看看，跟他認識一下？」

「妳真固執。」

我雙手舉在胸前，打了一個大叉叉，「完全不考慮，謝謝再聯絡。」

「我是寧缺勿濫，已經爛過一次了，再來一次，我怕我的命就要去掉一半啦！」

「妳這哪是寧缺勿濫？妳是因噎廢食吧！」

「總之啊，感情的事我已經不再那麼期待了，再怎麼說，我們也早就過了沒有愛情會死掉的年紀了，現在這種事對我來說已經可有可無了。畢竟都單身這麼久，再怎麼不習慣，也早就被磨得習慣了。一個人也沒有什麼不好，雖然偶爾還是會寂寞，不過我還有妳們兩個啊。」

我笑嘻嘻地指指沈珮妤的肚子，「喂，先說好喔！這個跟前例一樣，我依然是妳肚子裡小孩的乾媽喔！他的奶粉啊、尿布啊，什麼雜七雜八的我也一樣會供應，妳可得把他教育好，千萬不行有了親娘忘了乾媽，以後我老了，他一樣要常常來探望探望我，聽見沒？」

前例就是魏蔓宜的小孩，那孩子的奶粉跟尿布也是我包辦的，同樣要乖乖叫我乾媽。

「知道啦！我會耳提面命、三令五申，提醒他千千萬萬不可以忘了乾媽對他的好，這樣可以嗎？」

我扯了扯嘴角，其實說不擔心是騙人的，老實說我也滿害怕自己會孤老一生。只是，在這個世界上，愛情就跟電視上那些政客一樣，都戴著騙人的面具。我受過一次傷，也聽過太多例子了，雖然還是會想愛，卻再也不勇敢了。

人的勇氣是會隨著年齡的增長而遞減的，對於愛情，我開始會膽怯，害怕失敗，也失去放手一搏的勇氣了。

或許我失去的不是對愛情的勇氣，而是對愛情的信任。

從魏蔓宜她家回來沒多久，羅穎誠的訊息就傳過來了。

「有沒有空？」他問。

「幹麼？」

「我心情不好，妳願不願意捨命陪君子一下？」

我看著手機裡的訊息微笑，明知故問地丟訊息過去。

「幹麼心情不好？」

「林姮潔不理我！剛才我傳訊息給她，她居然說她再也不要跟我說話了，我好想哭喔！」

本來噙在嘴邊的微笑這會兒再也忍不住了，我笑出聲來，邊笑邊回訊息給他。

「她幼稚，你比她更幼稚！有沒有這麼草莓啊你？人家只說了不要跟你說話，你就想哭了？你平常最引以為傲的抗壓性跑去哪裡躲起來啦？」

「這樣妳就知道我對她有多認真了吧！認真就輸了，這句話說得真對！」

「看在你這麼可憐的分上……好吧！約在哪裡碰面？」

「我剛到妳家樓下，妳不用開車，我們去妳家附近那間串燒店吃東西吧！不過先說好，我今天要開車，不能喝酒喔，妳不要勸我酒，為了我們兩個人的生命安全，我今天是會抵死不從的。」

「好啦好啦，說得我真的像酒鬼似的！我先換件衣服就下去，你等我一下。」

然後我放下手機，動作迅速地從衣櫃裡挑出一件白色花邊立領襯衫，再套上一條合身牛仔褲，把長髮紮成馬尾，站在鏡子前快速補了妝，就踩著我前幾天新買的藕色高跟鞋下樓了。

「哇，這位小姐！妳打扮得這麼漂亮要去哪裡？」

羅穎誠搖下車窗，一隻手靠在車窗上玩手機，一見我走出來，馬上裝出一副驚訝的表情誇張地說。

「這樣很漂亮嗎？」我低頭看看自己身上的衣服跟牛仔褲，抬起頭說：「這樣還好吧！不就是一般的打扮嗎？」

「應該是這個……」羅穎誠指了指自己的頭，說：「妳的頭髮紮起來看起來跟平常不大一樣，感覺好像學生。」

「唷！今天嘴巴這麼甜是怎樣？」我先是瞇著眼，對羅穎誠露出甜蜜蜜的微笑，接著瞬間收起笑臉，嚴肅地說：「今天這攤我沒打算請客喔，你死了這條心吧！就算你嘴巴再甜，我也不會被你的迷湯灌倒！」

「呃……十二點到了嗎？怎麼妳身上的魔法只維持幾分鐘就直接被打回原形啦？」

「你可以再欠扁一點！」我威脅他，指指我住的大樓 lobby，說：「其實除了陪你去吃東西，我還有其他更好的選擇，比如，從這個 lobby 走進去，直接上樓回我家，去睡我的美容覺。」

羅穎誠一聽，馬上十分「俊傑」地打開車門下車，討好似地朝著我邊笑邊說：「不要這樣嘛，來啦，我幫妳開車門，妳就大人不記小人過了吧！」

我繞過車頭，坐進羅穎誠為我打開車門的副駕駛座。他的車我坐過幾次，第一次坐的時候，我還調整過他的副駕駛座座椅，除非是自己開車，否則坐車時我喜歡讓自己腳下有比較大的空間，所以我習慣把座椅往後調。

上次調過羅穎誠的副駕駛座椅後，至今我都沒再調整過，因為它就一直維持著我先前調整過的樣子。

「你這輛車平常不載人嗎？」

當羅穎誠重新坐回駕駛座時，我好奇地問他。

「很少，怎麼了？」

「沒。」我伸長腿，讓自己靠在椅背上，以帶著些微慵懶的聲音說：「就只是無聊問問。」

不知道為什麼，當羅穎誠回答他這部車很少載人時，我突然覺得莫名地安心，心情因而變好了。或許在我的潛藏個性裡，隱藏著一點處女座的潔癖吧！所以在知道他的副駕駛座平常不常有人坐時，才會有這種異常安心的情緒反應。

深夜的串燒店裡滿滿都是人，我們在門口站了一會兒，才終於有兩個人的位置。一聞到滿室的食物香氣，我才覺得自己也真的餓了。剛才在魏蔓宜她家我們都只顧著講話，雖然魏蔓宜準備了整桌的食物，我卻吃得極少。

拿起菜單，我殺手級般地瞬間點滿了整桌的菜。

「妳餓三天了嗎？」看我點了那一堆菜，羅穎誠的下巴差點掉到地上去。

我帥氣地把手上的菜單一合，瀟灑地遞給幫我們點菜的服務生，然後對羅穎誠露出甜得像蜜一般的微笑，「沒辦法，每樣東西看起來都很可口，我全都想嚐嚐。」

「妳到底還是不是女生啊？」

「怎樣！女生就不能有大胃王？」

「妳知道林姮潔多小鳥胃嗎？我跟她出去吃東西，她都是吃幾口就說吃不下了，她那個樣子看起來多楚楚可憐，只要是男人，都會被她那模樣激起保護慾。」

「你又知道她回家後會不會瞬間變大胃王！」

我拿起桌上冒著冰涼水珠的啤酒罐，「啵」地一聲開了罐，倒進杯子裡，啜了一口後，又說：「我跟你說，女生啊，就跟詐騙集團沒什麼兩樣，在我們身上什麼都可以是假的，就連真心也可能是偽裝的……唉，你的道行真的是太淺了啦！就算你很喜歡一個女生，也不要糊里糊塗就一股腦把心整個掏出來，人家對你是不是認真的還是未知數呢！你不要像傻瓜一樣笨笨地掏心挖肺，就怕不夠證明自己有多喜歡對方……表面看到的，未必就是真的，明白？」

羅穎誠眼睛定定地瞧了我幾秒鐘，才緩慢在臉上綻出深深笑意。

「嘿，真看不出來，原來妳這個人還頗有心機的。」

「哪有？」我一聽他這樣說，整個人瞬間不爽，板起臉捍衛聲譽，「我這個人大喇喇沒神經，怎麼可能有什麼心機？」

「沒心機，妳會這麼精闢地跟我分析一個女生的假仙程度？」

「我那個不叫心機，是叫透析能力好嗎？我只是聽過太多例子，把那些例子歸總整理後，把重點整理出來告訴你而已。」我哼了一聲，撇過頭，賭氣地說：「算了！好心提醒還要被你誤解，以後都不要當好人了啦！你要跌倒、要受傷、要被愛情傷得一命嗚乎都不干我的事啦！全都隨便你好了……」

羅穎誠還在笑，一點也不受我生氣的情緒影響，他幫我把杯裡的啤酒倒滿，又打開放在他眼前的那瓶果汁，倒了一些在他的杯子裡，用滿是笑意的聲音對我說：「妳脾氣真的還滿大的，妳以前男朋友受得了妳這樣的脾氣？」

「為什麼受不了？」我瞪他，語氣冷冷的，「只要不踩到我的地雷，我其實是很好相處的。」

「喔？那妳的地雷是什麼？」

「你問那麼多做什麼？」

「沒啊，就……先了解一下嘛，說不定可能有助於我以後的戀愛順利程度，這樣我才能知道妳們女生心裡都在想什麼啊，喜歡什麼、不喜歡什麼，要怎麼樣做才能討妳們女生開心……」

見我不說話地瞥他一眼，他睜大眼，「喂，妳……該不會滿地都是地雷吧？喔！那真是太糟糕了！」

「你又不是我男朋友，我的地雷埋在哪裡應該也跟你無關吧！」

羅穎誠瞇起眼，依然笑著，「雖然說是朋友，但我想我也有資格知道妳的地雷在哪裡吧？免得不小心誤觸了，被妳炸得滿身傷……對吧？」

雖說只要不誤觸我的地雷就好，但說實話，我的地雷遍布範圍真的滿廣的。

「你只要不白目，不說那些讓人氣結的話，基本上，我對朋友是比對男朋友還寬容的。」

「這就是認知的不同啦。」羅穎誠搔搔頭，「我有時並不覺得自己白目，但妳就偏偏會生氣，罵我白目鬼。有時我覺得我說的話還算正常，但妳就是會不高興。喂，說起來，妳的脾氣好像真的不太好耶。」

「還說你不白目！講這種話分明就很討打。」

「呃……這又是妳的地雷？這樣看來，妳的地雷遍布範圍真的滿廣的耶。」

「可以不要再討論這個話題了嗎？」我簡直要翻白眼了，「還有，我的喜惡不等同於林姮潔的喜惡，我的地雷也跟她不一樣，你拿我當參考標準是沒有用的。」

「好啦，但是……」

「林誼靖！」

羅穎誠話說到一半就被打斷，我循著聲音來源轉頭，看到站在我們桌子右手邊的梁南浩，他的臉微紅，看起來應該喝了一些酒。

「怎麼這麼巧？妳也來吃東西？」他笑得好開心。

我勉強扯扯嘴角，露出一個不怎麼好看的笑容，朝他點點頭，算是回答他的問題。

梁南浩把目光從我臉上移到羅穎誠身上，上下打量了一番後，又看向我，笑容已經變得不那麼自然了，問道，「男朋友？」

我還沒來得及回答，羅穎誠就站起來了，他向梁南浩伸出手，臉上掛著陽光般微笑，用十分業務的口吻對梁南浩說：「你好！我叫羅穎誠，是林誼靖的同事，很單純的朋友，不是男朋友。」

我瞪著羅穎誠，這人還說他不白目！幹麼對一個他初次見面的人解釋得這麼清楚，害我想拿他當擋箭牌都沒辦法。

梁南浩眼中的敵意瞬間褪去，他伸出手回握住羅穎誠的手，然後介紹自己。

樣。

「啊，我聽過你的名字！」

羅穎誠一聽到「梁南浩」三個字馬上興奮起來，一副像見到什麼超人氣偶像的模樣。

「我同學跟你是同公司耶，他一直說你很厲害，只要 case 到你手上，不管是多難搞的客人，你都能讓他們服服貼貼的，超強！我之前就很想認識認識你，可是一直沒什麼機會，想不到你跟林誼靖是朋友，那真是太好了，有機會我一定要向你請益一下，看看能不能也向你多多學習如何成功擺平那些難纏客戶。」

「那有什麼問題？以後有機會我們可以約出來吃個飯什麼的，到時你有什麼問題儘管問我，我一定不藏私全告訴你。」

兩個男人說著笑著，還交換了名片。

我冷眼看著向來跟陌生人不容易瞬間熱絡暢談起來的梁南浩，不知道他肚子裡到底藏著什麼詭計，他的表現實在太異常了。

直到梁南浩的同事走過來拍拍他的肩，問他到底還要不要到下一個地方續攤時，他才決定結束話題。

「那我們下次找機會再出來聊聊啦，很高興認識你。」

他離開前，這兩個男人又客套地握了一次手，還彼此微笑，好像是認識了很久的朋友一樣，其實他們相識也不過幾分鐘而已。

人跟人之間的交際真的很微妙，也很虛偽！

梁南浩跟羅穎誠客套完，才轉頭看我，認真地說：「那我再打電話給妳喔。」

「不……」我急忙要回答，但他已經快步離開，我的聲音只好無奈地低下來，「……必了」

回頭時，我看見羅穎誠帶笑的眼睛亮晶晶的，好像還在開心的樣子。

「你幹麼？」我問。

「我不知道梁南浩是妳朋友耶，真是太厲害了！我怎麼從來都沒聽妳提過妳認識他？」

「我認識他是我的事，幹麼要跟你交代？而且我跟他不是朋友，是舊同事，我離開前一間公司後就沒再跟他聯絡過了，所以，你，不要問我任何有關他的事，我不知道不清楚不明瞭，OK？」

「可是他說他會再打電話給妳……這樣算是沒聯絡？」

「鬼才知道為什麼他可以打聽到我辦公室的專線！」

羅穎誠看著我，大約十幾秒後才開口，說：「妳好像不喜歡他耶。」

「廢話！他是有老婆的人耶。」我拿起剛送來的烤米血，咬了一口後，含糊不清地說：「而且，世界上男人那麼多，我幹麼要喜歡他？」

羅穎誠意味深長地看看我，臉上的笑容變得賊賊的。

「幹麼？」我被他看得怪不自在，隨手抓起桌上的烤肉串丟進他的盤子裡，說：「這樣看我吃東西是怎樣？東西雖然是我點的，但等等是你要付錢，所以不用客氣啊，快吃。」

「我才不是跟妳客氣。」羅穎誠把身體往前傾，靠近我，「妳這樣有欲蓋彌彰之嫌喔。」

「什麼啦？」

「我只是問妳是不是不喜歡他，那種喜歡是像朋友那一類的喜歡，可是妳回答我的卻是戀人的喜歡，而且非常急著否認，感覺不太正常。」

我放下手中的米血棒，看著羅穎誠，嘴裡滿口都是米血，根本來不及咀嚼吞嚥就反問他，「你到底想知道什麼？」

「我其實剛才有注意到，他看妳的眼神特別不一樣。」

「哪裡不一樣？」

我好奇了，剛才我並不覺得梁南浩有用什麼特別的眼神看我，所以很想知道羅穎誠到底看出些什麼端倪。

「這個……」羅穎誠抓抓頭，想了一下，說：「我其實也不會形容，不過就是不一樣，那種感覺就像是……像是……嗯……像是看見自己喜歡了很久的人一樣，眼神裡有期待、有希望，還有一點點悲傷。」

我笑出來，「看見自己喜歡很久的人幹麼要有一點點的悲傷？你說這話好沒邏輯。」

「大概是怕被妳拒絕吧！再說，妳那麼凶，什麼狠話都說得出口……」

我的情緒馬上又被羅穎誠白目的話給挑起，惡狠狠瞪了他一眼後，我說：「你就非得這樣挑戰我的忍耐極限嗎？不怕我公報私仇派一堆工作給你，或是跑去林姮潔耳邊捏造一堆不實的謠言中傷你？」

羅穎誠聽我這樣說，馬上緊張起來。

「喂，妳不會真的這麼狠吧！我已經在那裡擺不平林姮潔了，拜託妳千萬不要再來摻一腳，我真的會瘋掉……」

只要一扯到林姮潔，羅穎誠好像會瞬間喪失理智。

「怎樣？會緊張喔！」我看著他，涼涼地說。

「喂，先說好喔，一碼歸一碼，妳再怎麼樣也不可以在林姮潔面前講我的壞話喔，先約定好。」

「誰要跟你約定好？」我哼了一聲，「難得你有個弱點可以攻擊，我為什麼要跟你談和？你可以再繼續耍白目沒關係啊。」

「好啦好啦，不然我盡量不要再這麼白目了，可以嗎？」他雙手合十地拜託我，「妳千千萬萬不可以去跟林姮潔說任何對我不利的話喔！我現在在她心目中的分數已經掉得夠低了，不能再失去任何一分，妳知道的，對吧？」

我搖搖頭，故意睜大眼，裝出不明白的表情，「我不知道耶。」

「喂，林誼靖，妳不要故意裝白目好嗎？」

羅穎誠急了，急得眉頭都快打結。我何曾看過他這個模樣？以前看他跟難搞的客戶談生意時，對方再怎麼機車他一樣可以談笑風生，能屈能伸地談好一件生意……但是一遇到愛情，他好像就沒辦法了，只能被壓著打，一點反擊的力氣都沒有。

看他這幾天被林姮潔搞得三分像人七分像鬼，黑眼圈都跑出來跟我打招呼了，還要被我這樣欺負，突然覺得他好可憐，我就是那種嘴硬心腸軟的標準獅子座，嘴巴壞歸壞，但一見到對方可憐兮兮的模樣，再生氣也瞬間氣消，還會反過來拉對方一把。

「好啦好啦，我不會扯你後腿啦。」我抓了一支雞翅，邊咬邊說：「你自己也多加把勁吧！你之前不是說一切隨緣嗎？可是我覺得感情這種事也不是隨緣就可以的，努力還是必要的。你的態度也該改改了，這麼消極怎麼追得到女朋友？她一直拒絕你，你就不會強硬一點嗎？夠愛的話，什麼感動人心的做法都一定做得出來，在這個時代，等待跟守候早就已經落伍了，我說真的。」

同樣的，王子和公主如果不好好維持感情，一樣不會有幸福美滿的未來。

後來我們兩個人就在人聲頂沸的串燒店聊了起來，羅穎誠聊這些日子來他的委屈，還有越陷越深的感情。

我則聊起之前那幾段短暫的感情。

「所以妳跟他們分手後會再聯絡嗎？」他問。

「怎麼可能？說真的，會分開一定是基於某些讓人不爽的因素，除非真的是和平分手，分開後或許是因為還在同一間公司服務，或者有共同的朋友相約聚會，才有可能會在那些公開的場合聊一聊……不然再怎麼說，分開就是分開了，我不可能再跟他們有任何藕斷絲連的聯絡，這樣對我未來的另一半或他的另一半都是不公平的，對吧？誰喜歡自己的男朋友還常常跟前女友聯絡呢？」

羅穎誠點點頭，說：「我認同妳的說法。」

我看著他，猶豫片刻，才終於決定對他坦承梁南浩跟我曾經不可告人的關係。

「他就是妳的前男友？」

羅穎誠一臉飽受驚嚇的表情，看得我直笑。

「你那是什麼表情？有這麼吃驚嗎？」

「不是……我只是太訝異了！我同學一直神化梁南浩，說他多好、多厲害，為人又正直又海派，家庭也很幸福美滿，可是……我想不到他居然會發生婚外情，而且……」

「而且對象還是我！哈。」我自嘲地笑了笑，「可是感情這種事哪有什麼規則可言？當你喜歡上一個人，理智啦、道德感啦、罪惡感啦，不管是什麼，全都會被愛一個人的炙烈感情打趴，真正把那個人放進心底的時候，你是不會在乎旁人目光的，甚至……可以連命都不要！」

羅穎誠震驚的表情還未褪去，他傻傻地看了我大約半分鐘，才緩慢出聲，「我不知道妳是這麼瘋狂的人耶，我一直以為妳談戀愛的態度也跟妳外在給人的感覺一樣，很冷靜、很理智。」

「如果可以很冷靜地談一段感情，那應該就……不是愛了吧！」

我的語氣雲淡風輕，雖然是曾經讓自己那麼痛的經驗，但再怎麼痛也總是會過去的，即使疤痕依然在，受傷的地方早已不再一碰就痛。

「我總認為，一個人一生中，總要有一段感情是瘋狂又激烈的，你可以傾注所有地投入在那段感情裡，每一次的想念、每一口的呼吸，都帶著又甜又酸的疼，腦裡的每個念頭都與他有關，可以哭哭笑笑像個傻瓜，又可以瘋瘋顛顛像個瘋子，你不會再是自己，你的生命彷彿是為了他而延續，他讓你深刻體會原來自己是真的活在這個世界上，他讓你明白，愛情不再是神話，而是一種信仰……他，就是你的信仰。」

羅穎誠又呆住了，他看著我的眼神裡，有著好多我看不懂的情緒。

看見他呆呆傻傻的表情，我忍不住笑了。「幹麼啦？你現在的表情是想表達或向我抗議什麼嗎？」

「……林誼靖，妳讓我改觀了！」羅穎誠的雙眼突然亮起來，用興奮的語氣對我說：「我不知道妳居然是這麼瘋狂的人耶，不過，妳的那些話好像點醒了我什麼，我想我大概知道該怎麼做了。」

雖然不能明白我說的那些話到底給了羅穎誠什麼樣的啟示，不過看他那副好像又活過來的模樣，我的心情彷彿也被他臉上的笑意感染了一般，不再那麼沉重。

吃完東西後，我們一起走在深夜的街頭，雖然周遭依然熱鬧喧譁，但入夜後的氣溫驟降，空氣中飄著山雨欲來的味道。

「好像要下雨了。」我仰著頭，閉上眼，用力地深呼吸，然後轉頭朝羅穎誠開心地笑了，「我的鼻子很靈喔，真的！我聞到了雨水的味道。」

羅穎誠定定地看了我幾秒鐘，突然對我說：「喂，林誼靖，妳下次不要再這樣對男生笑了。」

我被他的話弄得莫名其妙，完全不知道他話裡的意思。

「怎麼了嗎？」

「妳剛才那樣的笑容，嗯，很……漂亮，所以如果對方不是妳喜歡的男生，妳不要隨便對人家那樣笑，會很容易讓人、讓人……呃，就是……唉呀，反正就是不好啦！」

羅穎誠一句話雖然講得零零落落，我卻能明白他想表達的意思。不過，剛才他說我笑得很漂亮時，我的心臟確實漏跳了一拍。我不是沒被人讚美過笑起來的樣子很好看，但不知道為什麼，當羅穎誠這樣說，我的心卻好像被什麼東西拂過一樣，癢癢的，竟有種開心的感受。

我沒再說話，就這樣安靜地走著，羅穎誠也是。

羅穎誠的車停在附近停車場裡，我們從大街轉進小巷子，往停車場的方向走。

路上，羅穎誠大概想打破我們之間尷尬的沉默，於是問了幾個我覺得很無聊的問題，比如，「妳剛才有吃飽嗎？」「妳確定真的會下雨？」「明天的會議，妳覺得老總會說什麼？」諸如此類讓人非常噴飯的問題，他見我反應冷冷的，大概也覺得自己說的話實在很愚蠢，於是也就繼續保持沉默。

快走到停車場時，我們突然聽見女生的尖叫聲，之後伴隨著一陣激烈的爭吵。

羅穎誠跟我互看了一眼，同時很有默契地往爭執聲傳來的方向跑過去，看見一對年輕的男女生正在吵架，男生一手抓著女生的右手手腕，一手拉著女生的頭髮，那女生滿臉是淚，卻倔強地不肯服輸，對男生又踢又罵，還拚命用身體去撞那男生。

我完全被眼前的畫面驚駭住，一時之間不知道該怎麼反應，正遲疑是不是該打電話報警時，一旁已經有個黑影衝出去了。

羅穎誠衝到那對男女面前，一手護著女生，一手努力要推開男生，但那個男生的一隻手緊緊地拉扯住女生的頭髮，羅穎誠一推那個男生，女生就拔尖著嗓子叫。羅穎誠急了，朗聲罵那個男生，說光會欺負女生算什麼英雄好漢，有膽子就來打一架，來場男人對男人的戰鬥，不要強欺弱，欺負女生傳出去能聽嗎……

結果羅穎誠對敵方喊話才喊到一半，那男生的拳頭就揮過來了。羅穎誠被他那一拳結結實實地打中鼻梁，他沒哼聲，我卻在一旁尖叫。

當那個男生的第二拳又揮過去時，我馬上衝到他面前，左手抓住他還要朝羅穎誠揮出第三拳的右手，再用我的右手抓住他的衣領，迅速轉身後，以腳和臂部的力量把他提起，過肩摔。

我這一摔，所有人全傻眼了，羅穎誠不只張大眼，就連嘴也開得大大的合不起來，他定定地看著躺在我腳邊唉唉哼哼喊痛的那個男生，完全忘了自己臉上的傷口還正沁著血珠。

剛才被男生拉扯著頭髮的女孩急忙跑過來，跪在那個男生身邊，心急地問他有沒有怎樣，哪裡摔傷了，還爬不爬得起來……

搞了半天，原來人家是男女朋友，只是爭吵的手段激烈了點。那女孩扶著她男朋友站起來，兩個人因為我跟羅穎誠這一攪和，架也不吵了，相親相愛地抱在一起，那女生還心疼地摸摸自己男朋友的手跟臉，完全忘了剛才她男朋友多麼粗暴地對待她！

回家的路上，坐在羅穎誠的車子裡，我看著他已經腫起來的右臉，嘴巴不饒人地碎唸著，「你就算要救人也要先看看自己到底行不行啊！想救人卻打架打不贏，這樣跟個莽夫有什麼差別？很多事情光有熱情是不夠的，你要想想你這一拳打出去勝算有多少，不是一股腦找人單挑，而且你沒看人家那麼大隻，你根本就不是他的對手，再說了，那個……」

「林誼靖！」

當我還喋喋不休時，羅穎誠出聲打斷我。

我安靜地轉頭，看見他瞧了我一眼後，又把視線放回前方專心開車。我盯著他看了幾秒鐘，覺得他真無聊，開口叫人又不說話，怪里怪氣的模樣真討人厭，心裡想著，這個人該不會覺得自己打架打輸了還被女生救很丟臉吧？或許他剛才是想跟我商量，要我千萬不要把他今天這件丟人現眼的事說出去……其實也不用他請求，我根本就不會嘴巴大到去跟別人說這種事，又不能得到嘉獎或者加薪，我講那個做什麼？

片刻之後，羅穎誠才終於開口，「……謝謝妳。」

有些事，我總私心地想把它藏進心底，當作我們之間的祕密。
好像只有這麼做，我才能更貼近你一些。

羅穎誠送我回家時，我強迫他跟我上樓。

「沒關係啦，其實不礙事。」他一開始很客氣地拒絕我。

其實我從來不主動帶異性回我家，羅穎誠大概是第一個。我的意思是，除了跟梁南浩交往時，曾讓他自由出入我之前的住處之外，搬來這裡後，羅穎誠還是第一個被我帶回家的男生，就連我跟梁南浩分開後交往的那幾任男朋友也沒人踏進過我家。

「不行！」我拿出當主管的威嚴，「你這樣如果不擦點藥萬一傷口惡化怎麼辦？難道要一輩子留疤？」

「哪有那麼嚴重！就只是皮肉傷……」

「不管！你上樓。」

拗不過我，羅穎誠只好乖乖跟我搭電梯上樓。

一進門，我馬上從電視旁的雜物櫃裡找出醫藥箱，叫羅穎誠乖乖坐在沙發上。

我一面把碘酒滴在消毒棉花棒上，一面跟羅穎誠說：「小時候我們不是都會在作文簿上寫長大後希望從事的職業嗎？我那時的志願就是當一個護士，可惜我不是有耐心、好脾氣的人，又很怕看到針筒，結果只好放棄當護士的念頭，不過，對於處理傷口，我還是很有興趣的……」

我話才一講完，上了碘酒的棉花棒馬上毫不客氣地往羅穎誠臉上的傷口抹下去，疼得羅穎誠整張臉皺成一團，一直喊痛。

「忍一下啦，這樣唉唉叫，很不 man 耶。」

「很痛啊，妳要不要試試？」羅穎誠很不能忍痛地一直慘叫，「而且妳好粗魯啊，有人像妳這樣擦傷口的嗎？就不能輕一點？妳跟我的仇恨很深嗎？」

「你小聲一點啦，叫這麼大聲，等等鄰居會以為我家是不是發生凶殺案，萬一去報警怎麼辦？我還要不要在這裡住下去啊……」

我丟掉手上的棉花棒，又拿了一根新的，沾上碘酒，再往羅穎誠臉上還沒上藥的傷口抹下去。羅穎誠依舊鬼哭神號地慘叫著。

「唉呀，你不要叫啦！」我一急，連忙伸出手要摀住他的嘴巴，結果腳一滑，整個人就這樣摔到他身上去。羅穎誠一時重心不穩，被我撞倒在沙發上，我跟他就以這樣女上男下的姿勢面面相覷……

時間彷彿靜止了，我跟羅穎誠都被這個突發狀況嚇傻，兩個人以極其曖昧的姿態定住了幾秒鐘後，羅穎誠首先反應過來，「……林、林誼靖，妳很重耶！快起來啦……我、我要被妳壓扁了。」

他這一叫，我的理智才總算回來。於是我慌忙撐住一旁的沙發椅背站起身，但臉頰跟耳朵卻是火辣辣地燒燙著，身體裡的血液簡直整個要沸騰起來。

羅穎誠的態度也變得怪怪的，他眼睛東看西瞧，就是不看我。

「呃……藥擦好了，你可以，嗯……回家。」

「喔，時間真的不早了。」羅穎誠瞄了一眼牆上的時鐘後，不是很自然地說：「都十一點了，那……我先回家了。」

說著，他就往大門的方向走，我送他到門口，禮貌地跟他道別後，也不等他進電梯，立刻反身關上大門。

關上門，一切回歸寂靜，我才聽見自己的心跳聲怦咚怦咚，兵荒馬亂的感覺。

洗過澡，我躺在床上，卻怎麼樣也睡不著。一想起晚上羅穎誠跟我的曖昧姿態，就忍不住臉紅心跳。

以前老覺得他是 gay，太過細膩的心思，太過溫柔體貼的個性，我根本就沒把他當男人看，但剛才貼在他硬邦邦的胸膛上，聞到屬於他身上的男人氣息，突然察覺，說到底他還是個貨真價實的男生啊！

在床上翻來覆去，我的身體很累，精神卻異常地好，這時望見放在床頭櫃上的手機，順手拿過來，打開 line，點出之前跟羅穎誠聊天的訊息，一則一則細細瀏覽，嘴角微微揚起笑。

隔天，徹夜未眠的我頂著一顆昏沉沉的頭和兩隻熊貓眼去上班。

在公司電梯門口遇見羅穎誠，他戴著墨鏡，見到我時，一如往常地向我微笑打招呼，好像昨天晚上發生的那些事只是一場夢境，一覺醒來就全都不曾發生過一樣。

我沒有他的好忘性，看到他時，還是會想起昨天的事，然後心底就像有幾千幾萬隻螃蟹爬著、咬著，渾身不自在。

電梯來了，我們被後方的人群推擠著進電梯。羅穎誠站在我身旁，四周擠滿了趕著上班的人，我跟羅穎誠被擠得緊緊貼近，近到我都能感覺他呼吸吐納間的氣息噴在我的太陽穴上，熱熱的、癢癢的，卻搔動我的心。

整個上午我都心不在焉，羅穎誠倒跟平常沒什麼兩樣，依然跟同事們談笑風生，透過辦公室的透明玻璃牆，我還看見林姮潔主動走過去跟他說話。

心裡有種怪異的感覺，有點替羅穎誠開心，他一直在意的林姮潔終於願意放下成見跟他說話，我想，羅穎誠心裡或許有些飄飄然吧！

但另一方面，卻又有些淡淡的寂寞。

我不知道自己是怎麼了，那種無法控制自己心情悲喜的感覺，讓我很挫折。

自從和梁南浩分開，我已經很久沒有這種不知所措的惶然，經過這些年，我以為我已經學會冷靜跟理性，但事實證明，我依然只是一個凡人，依然也有掌控不住自己情緒的時刻。

中午吃飯時間，同事問我要不要跟大夥兒一起去公司附近一間新開的咖哩餐館吃飯，我本來意願不高想推辭，但羅穎誠走過來了，笑著說：「一起走吧。」我就這麼糊里糊塗地點頭了。

林姮潔沒來，在走去餐館的路上，羅穎誠很自然地就走在我身邊，依然戴著墨鏡，我抬頭看見他臉上的傷，還有微腫的臉，問道，「還會不會痛？」

羅穎誠轉頭瞧了我一會兒，我看不見躲在他墨鏡後的眼睛，不知道他是用什麼樣的眼神看我，半晌，他回答我，「沒有粗魯的偽護士幫我擦藥，當然就不痛啦！妳不知道我昨天根本就是慘遭毒手，二次傷害……」

「找死嗎？羅穎誠！」我瞪他，接著，虎虎生風的一掌快狠準地朝他背上招呼。

那一掌響聲之大，惹得走在我們前面的那些同事全回過頭來看。羅穎誠見狀連忙賠笑說：「啊，沒事沒事，我剛好看見一隻蚊子飛過去，打了牠一掌，可惜沒打到，讓牠逃了。」

待同事們全都回過頭去，沒留意我們兩個人時，羅穎誠才露出很痛的表情，小聲地對我說：「這位大姊，我昨晚已經見識過妳高強的武功啦，但小弟目前是個傷者，妳的手勁可以小一點嗎？被妳那一掌擊中，我看我應該內傷嚴重、武功全廢了。」

「誰叫你又白目。」我嘴角含著笑。

本來還有些小尷尬的，但此刻似乎瞬間灰飛煙滅。一整個早上，我原本還在擔心羅穎誠跟我的關係會不會有什麼變化，但不管是什麼樣的變化，對現階的我來說，都是我不樂見的。說我墨守成規也好，說我固執死腦筋也沒關係，總之，我就是不想有任何超乎我掌控的情況發生。

對我而言，羅穎誠是一個可以跟我聊得很開的朋友，我很喜歡我們目前這樣的關係，很親密，卻不夾雜任何男女情愫，可以互相吐露心事，可以彼此信任扶持，我相信，一旦我或者他對彼此的友情不再純粹了，心底自然會產生一道道枷鎖，層層鎖住藏在自己心裡的祕密，不再輕易向對方傾訴。

我不想要這樣子！

所幸，羅穎誠依然是羅穎誠，並沒有因為昨夜在我家那個意外的狀況而心有芥蒂，一切彷彿事過境遷，或許在他眼裡，我依然是他的主管、他的朋友、他的愛情顧問。

「我在公司看到林姮潔主動找你說話。」又走了幾步路後，我突然想起方才在公司看到林姮潔走到他桌前低頭跟他說話的那一幕，便隨口提起。

「嗯，對啊。」羅穎誠大方承認。

「怎麼樣？她願意跟你恢復邦交了嗎？」

「願不願意我是不知道，不過她肯來跟我說話，就是一大突破了，對吧？」

看著羅穎誠笑嘻嘻的表情，我不由得也笑了。

「她跟你說了些什麼？」我不能否認自己的好奇。

「就問我臉上的傷是怎麼了！」

我先是「喔」了一聲，又問：「那你怎麼說？」

「我說我昨天騎單車去夜遊時摔的……」

「……騎單車去夜遊？這麼扯的說法，大概只有你講得出口。」

「更扯的是，林姮潔相信了！」羅穎誠的語氣裡透著些許振奮，他說：「妳看，她是一個多麼單純的女孩，我實在是太佩服自己的眼光啦。」

可是很多時候，事情並不是我們看見的那個樣子，
表象的背後，是更殘酷的真實。

吃午飯時，羅穎誠坐在我旁邊，他的餐點送來了，他還戴著墨鏡。

「不拿掉墨鏡嗎？你這樣人家會誤以為你眼睛怎麼了呢！」我盯著他說。

羅穎誠這才拿掉墨鏡吃飯。

「其實你也不用戴墨鏡，鼻梁上那一點傷口也沒臉頰上的大，戴墨鏡根本就是多此一舉。」我誠心建議。

「但妳不覺得我戴墨鏡看起來特別帥？」

「不覺得。」我低頭吃飯，懶得再看他。

「可是有人跟我說我戴墨鏡看起來超帥，很有大陸明星黃曉明的風範耶。」

「跟你說這句話的人是蕭煌奇嗎？」我刺激他。

「……」羅穎誠頓了一下，才怏怏地說：「全世界就妳最愛潑我冷水。」

「我這是訓練你認清事情真相，不要被花花世界的花言巧語迷惑了，真不懂得感激，嘖！」

「這個世界才沒有妳想像中那麼邪惡！」

我不想再跟他鬥嘴，索性安靜吃飯。羅穎誠見我不回話，沒戲唱了，只好也跟著低頭吃飯。

我從自己的咖哩飯裡面挖出三大塊紅蘿蔔，丟到羅穎誠的盤子裡。

「妳幹麼？」他盯著自己盤子裡從天而降的三塊紅蘿蔔，問我。

「給你吃。」

「我有啦，妳為什麼不自己吃？」

我看見他用湯匙準備把我丟過去的那幾塊紅蘿蔔撈起來，連忙制止他。

「喂，你如果把那三塊紅蘿蔔丟回來，我一定會跟你翻臉喔！」

羅穎誠忙碌的手瞬間定格住，他拿好奇的目光盯著我，我只好向他坦承，「好啦，我就不喜歡吃紅蘿蔔嘛……」

「那麼有營養的東西，妳為什麼不吃？」

「心裡有障礙嘛！」

「莫非妳前輩子是兔子，吃紅蘿蔔吃到被噎死，可怕的記憶殘留到這一世，所以看到紅蘿蔔就有心理障礙？」

「你可以再多瞎掰一點沒關係……」我忍不住又瞪他。

羅穎誠只好低頭，乖順地嚼著他盤子裡那些紅蘿蔔。吃了幾塊，他忍不住又向我抱怨，「要是以後我看到紅蘿蔔會害怕，那一定就是妳害的。」

我把身子傾向他，刻意用甜甜的聲音在他耳邊輕聲說著，「要是我以後吃的食物裡有紅蘿蔔，我一定都會丟給你。」

「喂喂喂，林誼靖，妳這樣做太過分了吧！」他轉頭看我，滿臉憤慨，我則是馬上在臉上堆出甜甜的笑。

「怎麼會過分呢？全世界我就只對你這樣，把我的紅蘿蔔都省下來給你吃，怎麼你說我這樣就過分了呢？你那樣說，我好難過唷。」說完，還故意露出可憐兮兮的表情。

「妳會難過，我才覺得有鬼呢！」羅穎誠根本就不吃我這套。

一頓飯，其他人吃得開開心心，羅穎誠卻跟我從頭鬥嘴到最後。我其實不討厭跟他鬥嘴，甚至還有點喜歡鬧他，看他情緒快要被我挑起來，卻又要刻意壓抑時，我就會覺得有趣。

吃完午餐後，我們才從餐館走出來，就遇到也正要步行回公司的另一群同事，羅穎誠本來還在跟我聊這些天吵得很熱鬧的核四議題，看到那群同事卻突然安靜下來。

我看見睜大眼睛瞧著羅穎誠的林姮潔。

林姮潔發現我朝她望時，一張小臉馬上堆滿笑，甜甜地喊了我一聲，「誼靖姊。」

「還不快過去？此時不把待何時？」我用肩膀撞撞羅穎誠。

「把什麼？」羅穎誠一臉茫然。真不知道這人是傻還是蠢，總是聽不懂、看不明白旁人的暗示。

「把妹啦！」我又用肩膀撞了他一下，這次撞得很用力，他被我這一撞，便被撞離了原來他站的位置。

他只好乖乖走到林姮潔身旁，臉上掛著羞澀笑容，先是點頭說嗨，又詞窮地問她吃過午餐了沒……

看著羅穎誠呆頭呆腦的樣子，我突然覺得很好笑，但笑著笑著，不知道為什麼，心裡卻有種空空的感受，好像胸口被剜走了一塊肉，有點酸、有點疼。

於是一路有點悶地走回公司去，路上同事們在說什麼我全都沒留意，只是非常機械式地往前走。走到斑馬線時，看到紅燈還知道要停下來，但其實我整個人有些紊亂，我也不知道自己到底是怎麼了。

回到公司，我坐在辦公室裡，心情卻怎麼也開朗不起來，於是決定破例再泡一杯咖啡來喝。總覺得喝咖啡是一件很美好的事，喝著時，也能把心情變得美好，所以心情並不十分美麗時，我就會讓自己喝一杯咖啡，在裊裊香氣中，細細品嚐味蕾間的香醇，深深嗅著漫溢的咖啡香，慢慢平復心裡的躁動。

在茶水間泡咖啡時，正巧林姮潔也走進來泡青茶，她看見我，又是一個甜甜的微笑。

「誼靖姊的咖啡好香，是哪裡買的？」林姮潔探過頭來，深吸了口氣，依然笑著。

「朋友從國外買回來的。」我攪拌著杯裡的咖啡，「妳要不要泡一杯來喝？我那裡還有，拿一包給妳，好嗎？」

「啊，不用不用。」林姮潔客氣婉拒，帶著微微歉意的表情說：「其實我不喝咖啡的，怕……上癮。」

我點點頭，「也是，有些東西一旦上癮了，就很難戒。」

想念也是！一旦思念成癮，就很難戒除，需要時間的輔助，才能慢慢減輕症狀。

泡好咖啡，我說了句「那我先回辦公室了喔」，正要走出茶水間，林姮潔又叫住我。

我回頭看她，她的臉上有點紅撲撲的，看著我時，雙眸燦如星子，遲疑片刻，才囁嚅道，「那個……誼靖姊妳覺得……羅穎誠這個人……怎麼樣？」

我沒料到她會這樣問，怔了一下，說：「他喔……還不錯吧！」

林姮潔抿嘴一笑，「因為誼靖姊跟羅穎誠比較熟，我……找不到人商量，所以才來問問誼靖姊，妳不要介意喔，其實……我知道羅穎誠對我好，我也覺得他真的是個不錯的人，雖然有時候有點木訥，但我就是覺得他呆呆的樣子看起來很可愛，不過……不瞞誼靖姊，我之前跟他告白時，還被他拒絕過……」

林姮潔羞赧地笑了笑，又說：「不過這幾天他一直傳訊息給我，傻傻的，什麼好聽的話也說不出來，就只會道歉跟請我不要再生氣了。本來氣他，想好好懲罰他一下，但今天看到他臉上的傷，不知道為什麼，心臟就這麼揪住了，掙扎了好一陣子，才過去跟他說話，然後發現，我好像還是……滿喜歡他的，所以就、就……」

我的胸口有一點悶悶的，但還是努力讓臉上的笑容看起來無懈可擊，「他那時拒絕妳之後也很懊悔，他說他太緊張了，不知道怎麼回答妳，才會說出那麼豬頭的答案。」

「是嗎？」林姮潔小小的臉上亮出光采，「他怎麼都不跟我解釋？」

「就像妳說的，他很木訥。」我拍拍她的手，「但他待人是很誠懇、很真心的。如果妳覺得他真的很不錯，就不要錯過了。」

我想起之前看過的一本書，書裡說：「年輕時我們放棄，以為那不過是一段感情，到最後才知道，放棄的其實是一生。」

我已經放棄過我曾經以為的一生一世，我不希望再有人走我走過的路，那些年，那些痛，都是不堪回首的過往，即使傷口已經結痂，但在寂靜的夜裡，不小心觸碰到，還是有隱隱的痛。

「人的這一生，能夠遇到與自己互相喜歡的人機率實在太低了，所以，可以把握的，就請妳不要放棄。不管未來會怎樣，有沒有辦法一起走到最後，不去試，就永遠不會知道它的可能性，總是要經歷過了，妳才能明白那些酸甜……」

我說著，林姮潔聽著，我看見她嘴角始終揚著的笑，心裡卻莫名地感覺酸楚，那種感覺，好陌生！我知道，有些事情改變了，就在某個瞬間，它已經悄悄地改變了……

愛情，從來就不是我們期待的模樣，
它總是讓我們受傷、讓我們痛，卻不曾絕望。

下班的時候，羅穎誠來敲我辦公室的門。

「晚上有沒有什麼節目？」他探頭進來，臉上掛著好看的笑。

我從一堆報表卷宗裡抬起頭，「怎麼了？」

「請妳吃飯。」

「沒事幹麼請我吃飯？」

羅穎誠聳聳肩，還是笑，「民以食為天嘛，反正都是要吃的，只是兩個人吃飯，有個可以聊天的對象，也比較有伴嘛。」

我闔上卷宗，雙手手指交叉後，放在下巴，微笑，「怎不去約林姮潔？」

「不就說了，跟她在一起我會緊張，飯大概也吃不下去了。」

「症狀這麼嚴重，是要怎麼追人家？」

「對我來說，她是女神級的，女神就是那種可以放在心裡景仰、崇拜，卻不見得一定要擁有……所以，還是跟妳去吃飯比較實在。」

「你的意思是，她是遠在天邊的一朵雲，而我是人間煙火？」

羅穎誠走進來，拉開我桌前的椅子一屁股坐下，根本就不把我當主管看。這個人平常跟我稱兄道弟太久，職場倫理好像變得弱了一些！不過，反正沒差，我也不喜歡用「主管」這個職銜拉開跟同事間的距離。

「妳這個比喻好妙，不過……好像就是這樣！」羅穎誠咧嘴大笑，「人再怎麼憧憬天上的雲朵，好像最後還是不敵人間煙火的實際，所以……妳晚上到底有沒有節目？我知道一間新開的川菜館，聽說菜色很道地，妳不是向來都很喜歡吃川菜嗎？我請妳去吃看看，讓妳評鑑道不道地。」

一聽到是川菜，我就沒有抵抗力。

「你等我五分鐘，我馬上整理好。」雙手於是忙碌地在桌上整理那堆散落在桌面的文具、卷宗。

羅穎誠大概是這時才望見我凌亂的桌面，他笑著搖頭，「嘖嘖嘖，妳大概是我認識的女生裡，可以把桌面搞得這麼亂的翹楚，不簡單啊！」

我迅速抬頭賞他一個白眼，「又想耍白目啦？別吵！沒看到正在整理嗎？」

「要我幫忙嗎？」

見他拿起桌上的一份卷宗，我連忙制止，「喔，不用不用，你不要在一旁瞎攪和，我自己的東西我來放就好，免得明天要找時找不到東西，那就麻煩了，放著放著……」

羅穎誠見我這麼堅持，只好聽話地放下手上的卷宗，走到辦公室角落的沙發前，揚聲問道，「那我坐這裡等妳，可以嗎？」

我抬頭瞄了他一眼，回答他，「請便。」

三分鐘後，我終於把文具全掃進抽屜裡，卷宗一一整齊歸位，三支電話話機全放正，滑鼠跟鍵盤也都回到它們原來應該待的地方。

整個桌面上乾淨又整齊。

拎起包包後，我對羅穎誠說：「走吧。」

「太神奇了，妳居然可以在這麼短時間內，把妳那張亂得簡直可以報名金氏世界紀錄的桌面整理得這麼乾淨！」

看著羅穎誠刻意露出驚訝的誇張表情，我順著接話下去，「你就知道我功力有多深厚了吧！」

「是是是！妳的功力深厚，我從妳的柔道底子就能略知一二了！」

我又瞪了他一眼，催促著，「到底要不要走了啦？就知道在我面前耍嘴皮，怎麼不見你在林姮潔面前談笑風生啊？」

羅穎誠聽我這麼說，馬上哀怨地看我一眼，「全世界就妳最喜歡挖苦我。」

「看我對你多特別！」我甜甜一笑，「全世界我也只欺負你一個人而已！」

下班時刻，路上全是車子，偏巧又是遇到下雨天，車流量少說比平常多一倍，我們在車陣裡走走停停。

羅穎誠大概沒料到會是這種情況，有些歉然地對我說：「要不，我們隨便去吃個東西就好，吃完我送妳回家，上了一天班，妳應該也累了吧！」

「倒也還好。」我不以為意，「而且我肚子不會太餓，剛才在辦公室裡吃了些餅乾！對了，你餓不餓？我包包裡還有一包營養口糧，你要不要吃一點？別讓肚子空太久，容易鬧胃痛的。」

我從包包裡掏出昨天剛買來放進去的營養口糧，撕開包裝袋，也不等羅穎誠回答要不要，就直接遞一塊給他。

羅穎誠也不客套，接過去就放進嘴裡嚼了起來。

「以前當兵行軍時常吃這個，那時覺得很膩，退伍後有很長一段時間都不敢再吃了，現在又吃到，感覺好懷念，好像也特別好吃。」

「好吃的話，我整包都送你，送是報答你今晚請我吃川菜。」

我說著，從包包裡掏出隨身膠帶，將撕開口的地方黏起來，把整包營養口糧的外包裝重新封好。

羅穎誠愣了一下，馬上笑道，「這樣的報答也太便宜妳啦！好像有點顯得誠意不足。」

「禮輕情義重。」我笑著，「而且它是能讓你懷念起過去生活的東西，價格有限，但價值無限嘛。」

一席話，逗得羅穎誠哈哈大笑，他說，要是他有我這樣的口才，追林姮潔應該也就不是什麼難事了。

「雖然我知道誠意很重要，但我覺得口條也是不可或缺的。我有個朋友外型長得很帥，但跟我一樣，看到喜歡的女生就嘴笨，所以只能等女生來倒追他。偏偏他喜歡的女生也都比較被動，所以一直到現在，跟他交往過的，都是女神之外的那些備胎，因此他總是跟我感嘆，說自己實在罪惡深重，耽誤過那麼多女生的青春，分手時，總害那些女生為他掉眼淚，可是偏偏就是沒勇氣對自己喜歡的人表白，所以總是錯過。」

川菜館外滿是人潮，羅穎誠說他事先訂了位，但我們還是站在門口等了一會兒，待場內的服務生通知外場服務生帶位，我們才得以入座。

店面是不大，不過有兩間小包廂，我跟羅穎誠坐在包廂外落地玻璃牆旁的二人座，牆外是一小片的綠樹花草造景，再打上黃色景觀投射燈，整個很有氣氛。

桌椅跟牆面設計全都很講究，感覺像是高檔餐館。

「你居然事先訂位了！」點好菜，我疑惑地看著羅穎誠，「你怎麼知道我一定會跟你來？」

「妳那麼愛吃辣，川菜肯定是妳抗拒不了的美食。」羅穎誠笑嘻嘻，「再說，如果妳沒辦法來，頂多就我一個人來吃，再不然就是取消訂位啊。」

「全世界就你最懂我的喜好！」我也跟著笑。

於是，我們兩個人吃著辣呼呼的川菜，吃到汗水眼淚直流，灌了兩壺酸梅汁都止不了辣。

「哈，好過癮。」我整個舌頭跟嘴唇都是麻的。

「想不到妳真的挺能吃辣。」羅穎誠抽了張面紙擦眼睛跟鼻子，「我算是遇到對手了，下次一起去吃麻辣鍋，如何？」

「好啊，那有什麼問題？」我也笑著，「要吃的時候不要忘了約我就好。」

一頓飯，我們吃得極開心，一來是飯香菜夠味，二來是兩個人口味相當，每上一道菜，我們嚐幾口後，就能熱烈討論起這道菜的辣度跟香氣，意見幾乎無左，暢談得十分愉快。

結完帳，我們走出餐館大門，正要去取車，就看到前方人群裡有個熟悉身影。

「林誼靖！」

本來想低頭假裝無視地走過去，但被對方眼尖發現，揚聲叫住我，從容走上前來。

「冤家路窄！」我低頭咒罵了一聲，然後抬起頭，大方微笑。

念頭一轉，我想，既然躲不過，那就勇敢面對吧！更何況我幹麼要躲？我又沒有做錯什麼事！

「怎麼這麼巧？妳也來吃川菜嗎？」梁南浩看著我，說話的語氣一如以往地溫文，眼眸裡有某種光采，他笑著說，又看看了站在我身旁的羅穎誠，依然微笑，「你也來啦？」

羅穎誠點點頭，禮貌而客套地回答，「是啊，吃飽了嗎？」

「還沒，正在等叫號。」梁南浩回答羅穎誠的問題，眼睛卻揪著我看，「我朋友約我下班後吃飯，臨時才決定來這裡，說這間餐館的川菜很好吃，因為是臨時決定，沒有訂位，他透過關係安排了一個包廂，不過最快也要再半個小時。沒想到會在這裡遇到你們，要是知道你們也會來吃，就約一約，大家一起，人多才熱鬧嘛！林誼靖，妳從以前就很愛吃辣，想不到現在還是一樣！從前我們常去的那間湘菜餐廳，妳還去嗎？」

我怔了一下，搖搖頭，「很久沒去了。」

有些事，其實忘了也好，放在記憶裡，總是揪心。忘記了，也許就不痛了。

我不能明白梁南浩為什麼要在我面前提起過去的事，他不會知道我們剛分開的那段時間，我有多難熬，就像他不能了解，有多少個夜裡，我不斷聲嘶力竭地哭，用多大的意志力才按捺住自己的衝動，不打電話給他。

好不容易，我終於可以慢慢從那段傷人的感情裡走出來，他為什麼還要不斷提醒我去回憶？

在回家的路上，我沉默地看著窗外不斷倒退的景色，這是個美麗的城市，五顏六色的燈光點綴在整個城，讓黑夜看起來不那麼寂寥，然而這個城市再美再熱鬧，也消弭不去盤踞在心底的寂寞。

「妳……還好吧！」羅穎誠遲疑地開口，語氣裡有某種程度的關心。

「嗯，沒事。」我笑了笑，努力讓自己的聲音聽起來正常。

「但妳看起來不太好。」羅穎誠觀察倒細微。

「總是難免這樣子的。」我笑笑的，本來以為很難開口，想不到竟能以如此輕鬆的語氣淡淡地說：「遇到自己的舊情人，再怎麼瀟灑的人，心底難免會有芥蒂，過去那麼愛的人，現在也只能是路人。如果他對我不理不睬那也就算了，頂多是心裡受傷，回家的時候難過幾天。可是偏偏他主動過來攀談，提現在講過去的，硬是要勾起你已經快要忘記的回憶……那種感覺就像是在揭你的瘡疤，明明知道你會痛，卻假裝不知道，口沫橫飛地像要向旁人宣告你們過去有多熟悉，又不肯對人承認那一段一起走過的感情。」

「感覺起來他是個爛人！」

「在愛情裡，他是。不過在工作上，我不能否認他的能力。」

「剛才我應該替妳揍他一拳的。」

「那倒也不必！」我說：「反正我們就要出差一個月了，這一個月的時間裡，他打電話去公司找不到我，或許就會自動再放棄了一次了吧！我不相信人跟人之間能有多少次巧合，如果兩人之間有一方沒有心，那麼，再多的機緣也是沒用的，對吧？」

羅穎誠點頭，也跟著緘默了。

到我家樓下時，羅穎誠說：「要不，明天早上我開車來接妳上班吧！今天拉妳去吃飯，害妳把車留在公司地下停車場，明天我上班前先來接妳，反正順路。」

「不用了，我坐計程車就好了，這樣時間比較好掌控，你也不用特地提早出門。」

「倒也還好，反正我早上都會早起去晨跑，有時晨跑回來在家晃來晃去沒事做，乾脆提早出門。不然我們再傳訊息討論好了，時間不早了，妳早點休息吧，晚安。」

「晚安。」

回到家，我先去洗了熱水澡，然後回到房間看最新一期的商業雜誌。

本來以為今天遇見梁南浩的事會讓我失眠，想不到書才翻沒幾頁，眼皮就沉重了。

難怪有人說睡前可以多看書，有助入睡！

睡夢中，我夢見梁南浩，夢見他跟我還在戀愛的時候。夢中，他和我十指交扣去逛百貨公司，說要買一個戒指給我。他對我說，他要親手將指環套在我的左手無名指，因為左手無名指與心臟相連，他要我的心裡只能有他，要全心全意愛著他。

我們來到專櫃前，專櫃小姐熱情地招呼我們，梁南浩說：「請幫我拿出最貴、最美的那顆鑽戒，我要讓我太太戴上。」

當他向別人稱呼我是他「太太」時，那一刻，我的眼前湧出一陣薄霧，心情是激動的。我們的愛，向來只能在檯面下偷偷進行，我可曾想過能有撥雲見日的一天！

但是他的那些話，卻讓我覺得自己的辛苦都值得了。

然而，當專櫃小姐打開玻璃櫃要拿出鑽戒時，鈴聲突然大響。那鈴聲不像警鈴，反倒像某首旋律好聽的歌曲。然而一時之間，百貨公司的警衛跟樓管全都衝著我們圍過來，好像我們偷了東西一樣，直嚷著要帶我們去警察局。

我不知所措地看著梁南浩，他卻是一臉無所謂的模樣，一副這件事完全與他無關的樣子。

我急得都快哭了，鈴聲卻依然響不停……

迷迷糊糊睜開眼，才發現原來剛才是在作夢，而且還是一個很爛的夢！

都是梁南浩害的！因為遇見他，回來才會做這麼奇怪的夢。

鈴聲還是響個不停，我仔細傾聽，才意識到是自己的手機在響。是羅穎誠。

這個小子！不是說早上才會去晨跑？這會兒該不會是要跟我說他夜跑回來要去吃消夜吧！

「幹麼？」我閉著眼，睏得要死，語氣十分慵懶。這個人最好是有重要的事要跟我報告，不然，明天去公司我一定擰了他的頭洩恨。

「妳睡了嗎？」他的語氣很興奮，但問法很白痴。

「你說呢？」我打了一個哈欠。

「聽起來好像是……」他自言自語著。

我睜開眼，看了一眼床頭櫃上的ＬＥＤ鬧鐘，時間正好是一點三十二分。

「這位先生，你知不知道現在幾點？在這個時間除非有很重要或緊急的事，否則在半夜打電話給別人是非常、非常不禮貌的行為，你最好打電話來不是只想問我睡了沒……」

「當然不是！」羅穎誠的聲音持續興奮，「我是有很重要的事要跟妳說。」

「那快說，說完我要去睡了。」說完，我又打了一個哈欠。

「剛才林姮潔跟我用 line 聊天，她、她又跟我告白了一次，這一次我沒有豬頭了，我們……我們決定要交往了……」

本來我還邊聽邊打哈欠，結果一個哈欠才打到一半，就聽到羅穎誠說他跟林姮潔決定要交往的消息，害得那個打了一半的哈欠硬生生被打斷，我的腦袋怔忡著，好像突然聽不懂羅穎誠說的話一樣。

大概是我異常的沉默讓羅穎誠感到奇怪，他又朝著電話「喂」了兩聲，然後說：「妳還在嗎？」

「在。」我大約是隔了兩秒才回答他，「不過我睡得迷迷糊糊的，有點反應不過來，你剛才是說，你跟林姮潔要交往了？」

「對啊！」羅穎誠開心地說：「因為太高興了，又找不到人分享，所以我才打電話給妳，真是抱歉了，吵到妳睡覺。」

「沒關係，這是喜事，你要是沒告訴我，我才真的要罵你。」我的語氣是輕鬆的，但心裡，不知道為什麼百味雜陳。我說：「那你明天打算要請我吃什麼啊？這麼大的喜事，不請客一下也太說不過去了吧！」

「那有什麼問題？妳想吃什麼明天都跟我說，再貴我都請妳，怎樣，非常夠意思吧？」羅穎誠呵呵笑，我能感受他現在的喜悅。

「那我真該好好想想要吃什麼高貴的東西了，這種喜悅的事實在是太值得慶祝啦，我一定不能挑太便宜的東西，免得被你說我瞧不起你，看輕你的誠意。」

「我早料到妳不可能輕易放過我的，不過沒關係啦，妳跟我的交情非比尋常，只要妳開得了口，我必定不會說不。」

「好，那明天我們到公司再聊吧，我累了，先掛電話了。」

「好，晚安！」

結果，這個晚上，梁南浩沒讓我失眠，羅穎誠卻成功地讓我無法再入睡了。

其實在這個世界上，沒有誰是非誰不可的，也沒有人是不能被取代的。

隔天，羅穎誠跟林姮潔確定交往的消息，傳遍公司的各個角落。

一整天，恭喜聲不斷，搞得好像這兩個人決定要結婚一樣，就差沒遞上紅包跟花籃當祝賀。

接近中午的時候，羅穎誠來敲我辦公室的門，我當下正在跟國外客戶講一通很重要的國際電話，還沒來得及開口說請進，羅穎誠就從門外探頭進來。

見我在講電話，他晃了晃手上的咖啡，走進來將咖啡放在我桌上，對我笑一笑，又走出去。

我怔怔地看著他的背影，客戶在電話那頭哇啦哇啦地說了一大串話，我全沒聽見，回過神，只好跟客戶道歉，請他再說一次。

中午午休時間一到，羅穎誠又來敲我的門。

「要不要一起去吃午餐？方姊他們在約，說今天要去吃辣炒河粉，我想到妳愛吃辣，應該會喜歡，怎麼樣？一起去吃吧。」

看著羅穎誠臉上大大的笑容，我卻怎麼有一種想哭的感受？好像遺失了什麼很重要的東西，讓我很心慌、很不安。

「我還要忙，你們去吧，這次我就不跟了。」我說。

「再忙也要吃飯啊。」羅穎誠乾脆走進來，熱情邀約，「大家都要去啊，妳不是最愛熱鬧？再說明天我們就要出國了，接下來一個月的時間，都不能跟我們那些可愛的同事們吃飯聊天啦，就當是他們幫我們餞別囉，一起去吧！別掃了大家的興，走啦走啦……」

「就是因為明天要出國了，所以今天的工作一定要趕一趕，必須把事情告一段落才行，不能全部都丟給代班的潘經理，又不是跟人家有什麼深仇大恨，沒必要害人家過勞兼爆肝吧！」

大概是我說得合情合理，羅穎誠便不再堅持，他走到門口，才又轉頭過來，說：「那……要不要幫妳打包一份回來？」

「不用了。」我笑笑，「你們吃飽一點就好。」

羅穎誠走出去後，我突然像洩氣的皮球一樣癱靠在椅背上。

其實，以我的工作速度，根本不太可能堆積什麼未完成的工作在桌上太久，我不想跟大夥兒出門，只是因為我不想看到羅穎誠跟林姮潔眉目傳情的甜蜜模樣。

我知道自己好像隱約對羅穎誠有了不一樣的感情，就像我之前說過的，感情的發生，總是在那一瞬間。

對羅穎誠是從什麼時候開始產生情愫的，我不是很清楚，或許是在他爽朗大笑的片刻，或許是他貼心問候的瞬間，也或許是我們肢體碰觸的須臾間。

愛情，是種日積月累的喜歡。日久，總是會生情。

我還不確定自己這樣的喜歡是不是愛，只知道，他終於決定跟林姮潔在一起時，我心頭像有幾萬枚針在扎，痛痛的。

梁南浩不是我的初戀，卻是我用盡所有力氣去愛的人，離開他之後，我又跟幾個人交往過，雖然都是他們追我，而我也覺得對方條件不錯，於是決定展開戀情，但前後幾任男友交往的時間總不長，分開的時候老是我先說對不起。我以為我不會再愛了，畢竟跟梁南浩的那段感情，已經耗盡我所有氣力和精神，我把所有最好的自己全給了他。

自他之後，每一份感情對我而言都是淡淡的。撞見那些後來被我歸位在「男朋友」這個位置上的男生們與其他女生有任何親膩動作時，我的心情也是淡淡的，像個很能包容丈夫外遇偷吃的賢妻，就算被我抓到什麼把柄，我依然可以神色自若地對他們微笑，完全不以為意。

是因為愛不深吧！

當時我總這樣對自己說。

我也試過要吃點醋，或耍點小脾氣什麼的，好嚇嚇對方。可是很抱歉，我的專業不在演戲這個領域，所以我沒辦法。

「我想，妳沒愛過我。當妳抱著我的時候，妳的眼睛從來沒有看過我，心裡也從來就沒有我！」

某一任男朋友跟我要分開時，如此聲淚俱下地對我狂吼過，那時，我也是淡淡的表情，淡淡的眼神，用淡淡的語氣說：「是的，我沒愛過你，所以我們分開吧，不要再耽誤彼此了。」

我以為我這一生就是這樣了，再也找不到可以讓我心起漣漪的人。或許我最後依然會結婚，但那個跟我執手一輩子的人，不會是我愛的人，我跟他也許可以相互尊重、相敬如賓，卻不會有任何激情，我們只能是彼此的伴，不會有所謂的山盟海誓、天長地久。

可是，當我意識到自己對羅穎誠的感情時，我就知道，我完蛋了！

不是沒有過暗戀的經驗，但那畢竟是年少時的少女情懷，可我現在多大年紀了？都三十一歲了還搞暗戀這一套，是不是太可笑了點？

趁著這份暗戀的情愫剛萌芽，還沒氾濫成災，我一定要趕快斬草除根，以免它一發不可收拾，到時苦了我自己，勢必得花更多的時間去遺忘！

更何況，我還挺喜歡這間公司的工作氣氛和同仁間的互動關係，可不想再因為一個男人而換工作了。

羅穎誠他們吃完午餐回來時，我已經餓到躲在辦公室吃泡麵。雖然我婉拒羅穎誠幫我帶辣炒河粉，但他還是很有心地打包一份帶回來給我。

「妳怎麼在吃泡麵？」

他走進我的辦公室時，我正好吃完最後一口泡麵，羅穎誠用十分驚訝的表情跟語氣問我，好像我做了件他意想不到的事一樣。

「就……想說泡麵快過期了，再來有一個月的時間我們都不在，放到過期很浪費，只好泡來吃一吃。」

我像做壞事被抓包一樣，講得很心虛，說完還為了掩飾自己的心虛，又嘿嘿嘿地笑了幾聲。

「老吃泡麵對身體不好！泡麵的鈉含量太高，吃多了影響健康，而且它有防腐劑，妳要是常吃，以後就會變木乃尹了！」

「這樣很好啊，變木乃尹我就永垂不朽了。」我又哈哈哈笑了。

羅穎誠大概是被我大笑的樣子嚇到，傻傻地看了我幾秒鐘，也跟著微笑搖頭。

「妳有時候也是很皮的。」他說這句話時，嘴邊的笑意是燦爛的。

我看著他，只是傻笑，也只能傻笑！要我怎麼回答呢？當我認清楚自己的感情時，就註定只能朝他傻傻地笑，再也精明不起來了。

「那這個就給妳當點心了，下午肚子餓了的話，就先拿去微波加熱再吃吧！」羅穎誠把辣炒河粉擱在我桌上，交代一番後，就轉身出去了。

於是，整個下午我上班都很不專心，常常工作到一半就盯著那份裝著辣炒河粉的塑膠袋看，好像裡面裝的不是辣炒河粉，而是我的愛情一樣。

後來，那碗辣炒河粉我沒在公司吃，而是拎回家當晚餐了。

那是我吃過最好吃的辣炒河粉，並不是因為它的味道有多獨特，或師傅的炒功有多強，因為它是羅穎誠特地為我打包的，在他決定點餐外帶那幾秒的瞬間，他心裡是全心全意想著我的，光這麼想，我就覺得好甜蜜。

原來，暗戀就是這樣子，不管你是十三歲，或是三十一歲，只要想到那個人，你就會傻笑，就會覺得甜蜜，就會有酸酸的痛。

就算你已經在情海裡身經百戰，然而只要遇到自己喜歡的人，不管武功有多高強，也會瞬間功力盡失，只剩傻笑的能力。

我，也開始呆呆地傻笑了……

愛情，是日積月累的喜歡。日久，總是會生情。

飛往西雅圖的飛機上，羅穎誠跟我比鄰而坐。

我先是看了一段影片，又吃了點東西，就戴上眼罩準備睡覺。

「有這麼累嗎？妳怎麼才上飛機沒多久就想睡啦？」

羅穎誠舒服地抬著腳看報紙，公司對我們還算不錯，讓我們坐商務艙，沒讓我們去擠在位置很窄的經濟艙。

我拉下眼罩，瞄了羅穎誠一眼。他當然不知道我有多累啦！昨天那碗辣炒河粉辣得很帶勁，害我整夜都在跑廁所。

「先補好眠，我要以最精神的姿態站在西雅圖的土地上，這是一種態度。」我說。

羅穎誠「嗤」一聲笑了出來，說：「這又跟態度有什麼關係？」

「唉，你不懂啦。」

我對他呿了一聲，重新戴好眼罩，閉眼休息。

大概是真的太累，我很快就沒有知覺了。

睡夢中，我夢見羅穎誠約我去西雅圖漁人碼頭跑步，他說，再不動一動，他的骨頭都要老掉了。在這裡餐餐薯條、漢堡、pizza的，他已經胖了好幾公斤。我說我也差不多了，每天拜訪客戶壓力這麼大，回來也只能吃東西洩恨。所以我們約好要一起去西雅圖漁人碼頭跑步。

一開始，兩個人都精力充沛地規畫著路跑的行徑，信誓旦旦一定要跑完整條路程才肯休息。

我們從第五十八號碼頭開始跑，沿途經過太空針、奧林匹克雕塑公園，還沒跑到第九十一號碼頭，我就快累死了。

「我、我……我不行了……」我卯足最後一絲氣力，衝上前去拉住羅穎誠的手，氣喘吁吁地對他說：「……休息一下啦，再跑下去，我會、我會死掉……」

「那妳先休息吧！」羅穎誠居然臉不紅氣不喘，果然是平時有在晨跑的練家子！他說：「我再跑一下，回頭過來接妳。」

「不行！」我還是拉著他的手，不肯妥協，「你也不要跑了……」

我小眼睛小鼻子地要他也一起放棄，這樣就沒有所謂的輸贏，剛才的信誓旦旦也可以當作一場誤會。

羅穎誠一開始還不太願意停下來，但後來被我拗到受不了，只好答應陪我慢慢散步。

我們往回走進雕塑公園裡，找了個臨海的地方，席地而坐。

羅穎誠坐在我的左手邊，學我雙手撐地，頭往後仰，吹著海風。

我們聊起台灣的事，聊著那些在台灣的朋友跟同事，聊著關於我們的鄉愁，聊著聊著，羅穎誠的臉突然離我越來越近，近到他的唇慢慢覆蓋上我的唇……

然後，我就驚醒了！

醒來時，我還在飛機上，身上蓋著一條薄毯，羅穎誠坐在我身旁睡著了。

不過，我一動他就醒了，當他睜開眼睛，我們四目相交時，我立刻想起方才夢中最後的那個場景，然後我的臉很不爭氣地瞬間燒燙起來。

「妳怎麼了？臉怎麼突然這麼紅？發燒嗎？」羅穎誠有點擔心地看看我，伸手摸摸我的額頭，又碰碰自己的額頭後，說：「奇怪，沒發燒啊！還是妳很熱？空調的溫度太高了嗎？我是覺得溫度剛好，但如果妳覺得太熱，我可以幫妳去跟空姊反應。」

「不用了，沒事啦。」我低頭囁嚅著，「你不用理我。」

「真的怪怪的。」羅穎誠低頭看看我，「妳真的沒事嗎？」

「沒事沒事。」我說：「你去睡覺啦，不用管我，我也要繼續補眠了。」

說完，我又戴上眼罩，想再假寐片刻，但不知道是不是剛才睡的時間已經補足精神了，此刻我怎麼也進入不了夢鄉。

但因為羅穎誠就坐在我身旁，我怕我一亂動又會吵到他，只好閉眼休息。

沒多久，我感覺自己身上有個東西覆蓋上來，是毯子！

羅穎誠幫我把身上的毯子往上拉，輕輕將毛毯拉到我胸口附近的高度，然後他又幫我撥開垂在臉上的髮絲。

他的動作很輕很柔，彷彿是怕驚醒我般小心翼翼。

然而我的心情再也平靜不了，卻要努力克制住自己胸口怦怦作響的心跳聲，連呼吸也變得很小心，大氣都不敢喘一下。

我能感覺自己閉上眼睛的睫毛在顫抖，還好我戴了眼罩，才能不被羅穎誠看見我的緊張。

只好繼續假裝睡覺。

想不到假裝到最後，我居然還是真的睡著了。

難怪魏蔓宜有時會「小豬小豬」地叫我，說我在任何地方都能入睡的功力，已經到了出神入化的境界，然後她就會把那段陳年往事再拿出來說一遍。那件往事就是以前我們上高中時，上學都要搭公車通勤，但公車上常常沒位置坐，於是我們三個人很多時候都是站在走道上，有時我前一天讀書讀得太晚，睡眠不足時，就連站在公車上，手拉著頭頂的公車拉環，也能在搖搖晃晃的路程中站著睡著。

那時有一陣子，魏蔓宜跟沈珮好只要講到這件事，就會笑得很歡樂。

再度醒過來，我才一轉頭，就撞見羅穎誠臉上那對笑得彎彎的眼。

「妳還真的很能睡耶。」他居然取笑我。

我瞪了他一眼，哼著，「你不懂啦，能睡能吃就是福。」

我話一說完，飛機馬上顛簸了一下，我直覺是遇到亂流了。

於是我下意識伸出左手拉住羅穎誠的手，另一隻手緊緊抓住座椅把手，一臉驚恐。

以前跟梁南浩出差時，我最怕的就是在飛機上遇到亂流，有一次我們搭飛機前往日本，在空中遇到一陣大亂流，飛機硬生生往下掉了十幾公尺，機上好多人都尖叫了，那一刻我以為我就要死了。

後來機長廣播我們遇到了亂流，要大家留在座位上並繫好安全帶。在那不到一分鐘的亂流震盪中，我卻覺得彷彿過了好幾世紀那麼久。

那時梁南浩跟我還沒開始交往，不過發生亂流時，他卻顧不得自己，而是立刻傾身幫我先繫好我的安全帶，再處理自己的。然後他握住我的手，告訴我，「不要擔心，馬上就會過去的。」

應該就是從那一刻開始，我對他有了好感。也是從那次的亂流經驗後，每次只要在飛機上遇到亂流，梁南浩就會第一時間握住我的手，輕聲安撫我。

不過，梁南浩知道我怕亂流，不代表除了他之外的每個人都知道。

羅穎誠大概是被我突如其來的舉動驚嚇住，他瞪大眼看了我幾秒鐘，先反應過來，傾身幫我扣好安全帶，再扣上自己的，然後他伸手過來握住我的手，用十分溫柔的聲音對我說：「沒事的，一下子就會過去了，妳不要緊張。」

我看著他，眉頭緊蹙，在這種生死關頭，我很難不緊張，羅穎誠沒遇過飛機瞬間往下掉十幾公尺的經驗，所以他不能體會我的惶恐。

羅穎誠的手很大、很厚、很溫暖，我本來還陷在亂流帶來的驚懼中，但心思馬上被羅穎誠掌心傳來的溫度拉走。我低頭看了一眼他握住我的那隻手，胸口有一份半酸半甜的複雜情緒隱隱騷動起來，那份悸動飛上臉頰，化作熱辣的燒燙，熨在頰上。

亂流終於過去了，飛機又平穩地飛行著。過了不久，機長又廣播，說再過幾分鐘飛機就要降落了，請乘客不要隨意解開安全帶。

羅穎誠放開我的手，笑笑地對我說：「沒事了。」

是啊！沒事了！亂流終於過去了，一切好像又都平靜下來了。

但那股在我心裡正肆意狂狷的亂流呢？它似乎狂妄地震盪著我的心，我卻再也平靜不了。

每個人在遇到自己想珍惜的人時，誰的心裡沒有颳過颱風、起過亂流？而那樣的掙扎與痛楚，為的，不過只是一個天長地久的永遠。

飛機落地的過程很順利，經過十個小時的飛行時間，我坐到腰都快廢了。

走出機場，我們直接搭計程車到公司幫我們安排在近郊的民宿。

那是一棟地坪三十幾坪的房子，房子前面還有十幾坪的草坪，種了一些我不知道名字的花。草坪上的樹修剪得很漂亮，屋子裡有三個大房間，全都鋪上乾淨的床單，客廳桌上還擺著一束漂亮的粉紅玫瑰花，廚房的冰箱裡放滿了蔬菜和食物。我還發現，這間挑高的房子裡，有一間我從小就幻想能擁有的小閣樓。

我覺得這種整間都是原木傢俱，充滿鄉村風的房子，讓我跟羅穎誠住實在是太奢侈了！

以前出來出差，因為停留的時間不長，大部分都是住飯店。被安排住在這種家庭式的民宿，還是第一次。

因為覺得新奇，我在整個房子裡跑來跑去，瞧瞧這個、看看那個的，一時之間也忘了羅穎誠就在一旁，忘了獨處時的臉紅心跳跟手足無措。

待欣賞完畢整棟房子後，我開始一個房間、一個房間地來回觀看，看看到底要挑哪個房間當我的落腳處。

羅穎誠看我東奔西跑地挑房間，笑說我這樣簡直就跟皇上選妃一樣，不過只有三個妃可挑，竟被我搞得好像真的有三千佳麗一般，挑半天挑不出半個來。

「每間都很有特色嘛！」我苦惱地皺緊眉頭。

「又不是長住，不過是住一陣子而已，妳也不用這麼認真吧！」他還在取笑我。

「哎，你不懂啦！」也忘了是從哪裡學來的，總之最近我好愛說這句話。

最後，我挑了間一開窗就能望見門前那一整片綠草地的房間。羅穎誠一見我終於選定房間，連忙把我的行李全搬了進來。

「以防妳馬上又變卦。」他說。

俗話說得好，「以小人之心度君子之腹」說的大約就是像他這樣！

羅穎誠的房間在我隔壁，他說這樣他比較有安全感。搞半天，原來他的膽子比我還小，怕黑怕暗也怕鬼，我本來還奢望他能保護我的！唉，看來只好自己莊敬自強了。

這裡的房間不像飯店是套房式的，雖然它房子的地坪很大，但我跟羅穎誠得共用一間衛浴。

那意謂著我不能將自己的貼身衣物晾在浴室裡，但要我大剌剌地晾在屋外的庭院也很奇怪。

於是我馬上陷入天人交戰，考慮是不是要把我的貼身衣物曬到閣樓，那裡有一扇小窗，說不定陽光照得進來，而且羅穎誠應該對小閣樓沒什麼興趣，上去閣樓的機率應該還滿低的吧。

隔天起床時，才走出房間大門，我就聞到食物的香味。

「早安。」羅穎誠正在廚房大展身手，他一隻手拿鍋鏟，一隻手抓著平底鍋，聽到我的腳步聲，馬上轉頭過來對著我笑。

「……早。」看到滿桌子的食物，我有點被雷到，我知道羅穎誠平常都是一個人住，也會自己打理自己的生活起居，但我不知道他居然會煮東西，而且他拿起鍋鏟還真拿得有模有樣。

我媽說過，要看一個人有沒有常在下廚，看他拿鍋鏟的樣子就知道。

羅穎誠又端了兩個盤子過來，上面放著滑蛋、一片火腿、一根德國香腸，他將一個盤子放在我面前。

「不知道妳早餐要吃什麼，所以中式跟西式全都弄了，妳嚐嚐看。」羅穎誠又笑得讓我心跳加速了。

我看了一眼鍋子裡的白粥，好奇問他，「你從哪裡弄來的白米？」

「從台灣帶來的啊。」他回答得十分自然而然，「我記得妳說妳最不喜歡到國外出差，因為討厭天天披薩、薯條、漢堡，所以我就帶了一小包的米放在行李箱裡，還帶了泡麵。在國外吃台灣的泡麵，是最享受的事。」

「那這個豆漿又是怎麼回事？」我指指還冒著熱氣的豆漿。

「黃豆我也帶了一些，也許當妳牛奶喝膩的時候，會懷念豆漿的味道，所以就帶了一些來，今天這個豆漿也是我第一次弄，不好喝不准罵我，我是上網查資料後照著做的。」

我有些感動了，可是，這個人怎麼這麼討厭！明明是別人的男朋友，為什麼還要對我這麼好？真的很討厭！

我喝了一口豆漿，是很香很濃，不過羅穎誠大概是火開得太大了，豆漿裡有點燒焦的味道，但大致來說，他的心意是一百分的。

「你到底是幾點起來弄的？」我一邊喝粥，一邊吃德國香腸，中西合併，也覺得十分美味。

「我忘了跟妳說，我有時差的問題。」羅穎誠笑笑，「而且昨天在飛機上也睡得夠久了，所以我幾乎整晚沒睡，就走來走去看看黃豆泡水泡軟了沒，想著早上要煮什麼東西當早餐……」

「你勞碌命啊？幹麼把自己搞得這麼累？」

「反正今天還可以休息一天嘛，又沒差，等等我吃飽就先去睡一下，晚點我們再去買點菜。我剛才看了一下冰箱，那些菜妳大概都不愛吃，所以還是去買一些妳愛吃的東西回來放著好了。」

我點頭。

於是我們又安靜地吃了一些東西，我的胃口很好，喝了粥，再吃下兩片吐司，清光了羅穎誠幫我準備的餐點，又喝完豆漿。

「妳今天胃口真不錯。」羅穎誠看著我面前的空盤子，笑得心無城府。

「不知道是太餓了，還是你的手藝太好，我覺得今天的早餐很好吃。」我微笑。

「妳喜歡就太好了。」羅穎誠站起來收盤子，我也跟著站起來，趕緊收拾自己用過的空盤空杯。

「我來洗碗就好，你累的話先去睡一下。」站在洗碗槽前，我一邊穿圍裙一邊說。

羅穎誠也不堅持，點點頭，「那我先去補眠，晚一點我們再出門囉。」

他進房後，我安靜地洗著我們用過的空碗盤，心裡有一種莫名的幸福感。

我好喜歡這樣的生活，寧靜而平凡，好像我們是老夫老妻一樣，一個人負責煮飯，另一個就負責洗碗，非常自然而然的分工合作。

窗外陽光正好，從洗碗槽這裡的窗戶看出去是一小片的樹林，林子裡有小鳥來回飛翔，風很輕很涼，我一面洗碗，一面聽著鳥鳴聲，覺得我的人生境界大概已經到了「安逸祥和」的層級了。

不過大概是太過於安逸祥和，所以洗完了碗之後，我也縮回房間繼續當魏蔓宜口中的小豬。

再度醒來，已經是接近中午時間，我才剛踱出房門，就看到羅穎誠正坐在客廳使用他的筆電，聽見腳步聲，他的頭連抬都沒抬，說了聲，「起來啦？」然後又繼續盯著他的電腦螢幕看。

我走到廚房去倒了杯水，邊走邊喝地走到羅穎誠旁邊，想看看他到底在幹麼，老闆都說今天要給我們休息了，這個人應該不會工作狂的毛病發作，卯起來在趕進度吧？

「在幹麼？」

我不想讓他覺得我在探他的隱私，所以先發聲，想聽聽他的回答再走過去，萬一他不是在工作，而是在跟林姮潔打字聊天，那我這樣大喇喇地走過去，可就尷尬了。

「在跟林姮潔聊天。」

果然！還好我沒有冒冒失失地走過去。

「我要跟小咪視訊了，妳要不要一起過來讓小咪瞧瞧妳？」下一秒，羅穎誠馬上熱情邀約。

「對喔，你出國這一個月小咪怎麼辦？你有沒有託人照顧？」我可不想一個月後回台灣看到小咪瘦成皮包骨，活活被餓死。

「我託林姮潔幫我照顧著，安啦。」他笑嘻嘻的，又朝我招招手。

我走過去時，小咪已經出現在電腦螢幕裡了，牠朝著鏡頭喵喵叫，跟之前撿到牠的時候比起來，小咪身上的肉倒是長了許多，羅穎成果然把牠當女朋友在照顧。

「嗨嗨，小咪。」我笑嘻嘻地朝螢幕打招呼，「我是漂亮的誼靖姊姊，還記得我嗎？」

「明明就是阿姨，幹麼要裝嫩！」羅穎誠刻薄地取笑我。

「你找死嗎？」我瞪他。

「小咪小咪，哥哥在這裡，有沒有想哥哥啊？」羅穎誠朝小咪揮手，我的白眼馬上朝他飛過去。他發覺了，奇怪地看著我，「幹麼？」

「噁不噁心啊你！我就阿姨，你就哥哥？我們不就差兩個月嗎？怎麼輩分就差這麼多了？」

「在這個世界上，有很多事，妳只需要知道，但不需要了解的，林阿姨！」

就像愛情，我們都知道它來了，卻不了解為什麼它又走了。

跟小咪視訊過後，林姮潔又跟我們視訊聊了一會兒，才與我們互道再見。

「那我明天再跟妳聊喔。」羅穎誠依依不捨。

「好。」林姮潔笑得甜蜜蜜。

我覺得刺眼，就假裝要放杯子，站起來走進廚房。

在廚房裡走來走去，洗洗這個又擦擦那個，待了好一會兒，才慢吞吞地走回客廳，走回來時，看見羅穎誠已經關上筆電，朝我露出好看笑容。

「去買菜？」他問我。

「好。」我點頭，「不過我們要怎麼去？有車嗎？」

「不知道！不過，昨天要來的路上，在計程車上我留意到我們這附近有一間超市，如果真的沒有車，我們就用走的過去吧！當作是運動健身。」羅穎誠提議。

於是我們走到房子後面的車庫看了一下，沒看到車子，倒是看見一輛自行車。

「走路去吧。」沒轍了，我說。

羅穎誠卻指著自行車，眼睛發亮，「好久沒騎了耶，不然我們騎自行車去。」

「你好久沒騎了還敢說要騎這個！玩命嗎？」

「就是好久沒騎了，才想再回味回味學生生活。」羅穎誠顯得好有興趣，「我有多久沒騎自行車了？嗯……十幾年了吧！從高中畢業後就沒再騎過自行車了！」

「好吧！那你好好回味吧。」說完，我拎著購物袋，轉身往大街的方向走。

沒多久，羅穎誠搖搖晃晃地騎車跟在我身邊，露出潔白牙齒，「上車啊。」

我斜睨了他一眼，不領情，「你騎成這樣還敢叫我上車？」

「哎，等我手感回來了，就能騎得很好啦！我以前騎車技術一流耶，還可以邊騎邊放開雙手拿東西吃喔，來，快，上車。」

「我不想玩命。」我依然不為所動，繞過他，繼續往前走，「而且我年紀大了，經不起刺激。」

羅穎誠又往前騎了一點，把車橫停在我面前，逼得我不得不停下腳步。

「上車啦，我保證，我一定會保妳周全。」

我很想嚴肅地拒絕他，卻還是忍不住笑出來，「幹麼用大陸腔說話？」

羅穎誠見我笑了，一張酸梅臉也立刻綻出笑容，「妳不是有一陣子很迷大陸宮廷劇？我就想，這樣講，妳可能會覺得親切一些……哎，走啦走啦，上車啦，不要再堅持了，妳這樣走不知道要走到什麼時候，我載妳比較快嘛。」

拗不過他，我只好跳上車，跨坐在他身後，還不忘為自己的生命安全叮嚀他，「你可要好好騎喔，不要讓我摔下車了，我爹娘就我這麼一個女兒，要是把我的臉或四肢摔壞了，他們肯定要你負責的。」

羅穎誠回頭怪異地看了我一眼，神情高深莫測。

「幹麼？」我問：「叫你負責你嚇到了喔？不然我現在就下車沒關係啦……」

「不是啦！我只是發現妳真的很不淑女耶，我第一次看到女生坐後座是跨坐的。」

「這樣才安全啊，笨蛋！」我本來要下車，一聽他這樣說，馬上又重新坐好，不服氣地回他，「而且你不知道坐側坐會被警察抓嗎？」

「那是在台灣。」羅穎誠怕我忘記般地強調，「這裡是西雅圖。」

「災啦災啦。」我用台語回答他。

「而且，那是機車側坐才會被開罰單，腳踏車好像不會。」他又強調。

「是嗎？」

「要不要打賭？」

「不要。」

「我賭一頓晚餐，如果我輸了，我煮晚餐，妳輸了就妳煮。」

「幼稚！」我鄙夷地哼著，然後又說：「我才不要跟你賭這種無聊的事。」

「妳好無趣。」

「你知道就好。」

一路上，我們兩個人就這樣互相吐槽，可是我覺得好快樂。

去超市的路上，有一段路是上坡，羅穎誠賣力地將車子往上騎，騎得汗流浹背，整件衣服濕答答地黏在他的背上。

「妳好……重……」他一邊騎車一邊埋怨我。

「怎樣怎樣？我好重礙著你了？」我毫不留情地往他濕透的背上用力一拍。

「平常沒……礙著，可是現在……呃、我快沒力了……」

「這麼沒用？」現在換我刻薄地取笑他，「這樣林姮潔會看不起你喔！沒有人希望自己的男朋友是肉雞。」

「我、我不是肉雞……」他咬牙切齒，騎得更賣力了，整個人幾乎是站起來踩腳踏板，不肯認輸。

「太有志氣了！」我大笑，「你繼續加油，我幫你把你努力不懈的樣子拍下來傳給林姮潔看，她一定會更放心把她的未來交給你的。」

羅穎誠氣喘吁吁，沒理我，一直到上坡結束，路面又變成平地時，他依然喘著。

我拉拉他濕透後黏在背上的上衣，西雅圖此刻的氣候是涼爽的，風吹過來，灌進他的衣服裡，他的衣服被吹得鼓鼓的。我坐在他身後，看著他飛揚的頭髮，覺得幸福不過就是這樣，跟自己喜歡的人一起共乘一部自行車，說說笑笑地穿過大街小巷，只是為了去買幾把蔬菜，回家煮一頓晚餐。

雖然羅穎誠愛的人並不是我，但暗戀的心情就是這麼簡單。只要看見他笑，自己就開心，看見他皺眉，自己就難過，他的心情牽引著我的情緒，快樂與憂愁我全都在乎。

我們來到一間中國超市，裡面賣很多台灣也賣的東西。

「早知道我就不要帶一堆東西來，這裡根本都有賣嘛。」羅穎誠哀怨地說。

「有什麼關係？飄洋過海來的，說不定更有革命情感。」我安慰他。

「這種講法好怪。」

「哈哈！」我乾笑兩聲，「因為我找不到話可以安慰你。」

「所以硬扯出這種聽起來一點都不安慰的話？聽起來好沒誠意。」

「好啦好啦，我沒誠意啦！」我沒好氣。

這回換羅穎誠笑了。

「你幹麼？」我瞄他一眼，一張嘴依然抿得緊緊的。

「妳真的很愛生氣。」他低頭看我，眼睛跟嘴巴都在笑。

「我哪有？」我打死不認。

「哪裡沒有？每次說不過人家，或是被人家戳中心事，妳嘴上雖然沒說，但臉上就是會露出不開心的樣子。」

「我不笑的時候，本來就看起來比較嚴肅啊。」我抗議，「而且我天生就是壞人臉，沒辦法。」

羅穎誠突然摸摸我的頭，「那就要多笑啊，不時繃著一張臉會嚇跑想追妳的人耶，女生就是要多笑才可愛嘛。」

我的心臟馬上漏跳一拍。

但下一秒，我隨即恢復理智，伸出手，拍掉羅穎誠還放在我頭上的手，用埋怨的語氣加上凶狠的眼光對他說：「不要亂摸我的頭啦，你的手剛才摸過魚，說不定還有魚腥味，這樣很髒耶。」

羅穎誠聳聳肩，嘻嘻笑著，也沒反駁。

我們在超市裡買了好多東西，這些東西加起來大約是我平常在台灣一個星期的食物分量，但羅穎誠的手藝好，說不定不用幾天我們就能消化掉這一堆食物。

「晚上煮紅燒魚，好不好？這魚不能放，新鮮的時候煮來吃最鮮美。」

當我們排隊等著要結帳時，羅穎誠低頭問我。

「好啊。」我頭抬也沒抬，滑著手機看電子書，「但你會煮紅燒魚嗎？」

「開玩笑！我煮的紅燒魚連我媽都說讚。」

「你媽安慰你的話你也當真？」我依然面無表情，語氣也依舊平淡。

羅穎誠也不辯駁，過了大約半分鐘後，又說：「順便來道三杯杏鮑菇，怎樣？」

「好！」我還是沒抬頭，「只要你肯煮，我就一定吃。」

「玉米濃湯？」

「沒問題。」

「炒高麗菜。」

「請燜熟一點，我喜歡吃軟軟的，這樣比較甜。」

「妳老人嗎？」

我終於抬頭，毫不客氣地用我的眼神殺了他好幾刀，「對！我是老人，牙齒不好，高麗菜一定要吃軟的，不喜歡脆脆的口感，這樣可以嗎？」

「沒有問題。」羅穎誠滿臉笑，用巴結的語氣接著說：「妳喜歡吃燜得爛爛的高麗菜，我就燜給妳吃，林阿姨……」

「找死嗎你！」瞬間，他的背部又承受我內力極深厚的一掌，痛得他齜牙裂嘴，我卻在一旁很沒良心地笑起來了。

一起共乘一部單車，吹著風、聊著天，如此簡單平凡的事，卻是我最嚮往的幸福。

回程的路上，我們買了太多東西，單車前的小籃子裝不完，我只好左右手都拎著購物袋，裡面裝滿了我們在超市買的食物。

原本來時的那段上坡路段，回程時變成下坡，羅穎誠顯得格外開心。

「抓好抓好。」

快到下坡路段時，羅穎誠回過頭來叮嚀我。

「我兩隻手都是東西，要怎麼抓你啦？」我哀怨地瞪著他的背，很後悔剛才買東西時怎麼不阻止他，害得我的手都快痠死了。

羅穎誠伸過手來，抓住我的手往他的腰上一放，又說：「抓好了，我們就要飛了喔！」

我伸長脖子往前一看，心臟瞬間彷彿要從嘴裡跳出來，我尖叫，「羅穎誠你瘋了嗎？不要這樣玩啦，我會摔下去……」

我還沒尖叫完，單車已經開始向下滑行。我頓了一秒鐘後繼續尖叫，一邊叫一邊喊，「羅穎誠你死定了！回去看我怎麼對付你……」

羅穎誠根本不理我，他開心地大聲笑著，整條街上都是他開朗的笑聲。

我緊緊地抱住羅穎誠的腰，把臉靠在他的背上，聽見他的笑聲從身體裡傳出來，好像是從很深很深的山谷裡傳來一般，一聲又一聲迴盪在我的耳際。那一刻，我不尖叫了，唇邊甚至有了淡淡笑意。

經過那一段下坡路段，一直到回到我們住的地方，我都沒再放開我攬抱著羅穎誠腰部的手，我想我有正當理由可以不鬆手，那個理由就是：東西太重了，我兩隻手已經痠到廢掉，所以動不了！

雖然我是私心不想放棄這個能夠跟羅穎誠如此靠近的機會，但在腦海裡，我已經想好那樣的說詞，以防羅穎誠突然叫我鬆手。

但羅穎誠什麼話也沒有說，一路上，他心情很好地吹著口哨，我第一次聽他吹口哨，雖然吹的是我沒聽過的歌，不過單車搭配口哨，一整個很有校園風，我聽著，倒也覺得享受。

午後的街道亮晃晃的，我們騎在綠葉成蔭的路上，我的心情也跟著亮晃晃。

如果時間能恆久停留在這一刻，那是多麼幸福的事！

但是，儘管再怎麼衷心祈盼，時光卻從不肯為任何人稍作停留。

晚餐，羅穎誠認真地展現他的廚藝，我想過去幫忙，可是被他嫌礙手礙腳，又把我趕回客廳去。

百無聊賴，我只好拿出筆電，連上網，找台灣的電視劇出來看。

羅穎誠手腳俐落地迅速煮好五菜一湯，端上桌時，我早已經餓得肚子咕嚕叫了。

「哇，你實在是太優秀了。」這次換我巴結他，聞聞紅燒魚，又聞聞三杯杏鮑菇，然後伸出手捏了一塊熱騰騰的杏鮑菇往嘴裡送。

羅穎誠正在擺碗筷，見我偷捏食物吃，動作迅速地抓著筷子就往我手背上打。

「髒死了，有沒有洗手啊妳？病從口入，這種最基本的常識妳不知道？」

我撫撫手，也不生氣，笑嘻嘻的，「以前在學校學過一句成語，本來我不是很認同，不過今天倒覺得說出那句成語的人說得真是太對又太好了。」

羅穎誠被我的話勾起興趣，好奇地問：「哪一句？」

「食指大動啊。」我一邊笑，一邊又帶動作，「看到色香味俱全的食物，怎麼能克制自己不食指大動呢？」

說完，我馬上又捏了一片高麗菜往嘴裡丟。

「就跟妳說了要先洗手！」羅穎誠皺皺眉，抓住我的肩膀，讓我轉身面向廚房流理台，輕輕推我往前走了幾步，說：「去洗洗手再來吃飯，快點。」

我乖順地走到洗碗槽，用放在一旁的洗手乳洗了手後，又快速折回飯桌前，一屁股坐在餐椅上，開始大快朵頤。

羅穎誠的廚藝不是蓋的，品嚐過早餐跟晚餐，我深深覺得他煮的東西真的都在水準之上。

雖然是五菜一湯，但我們兩個人還是很努力地把所有菜餚都清光，羅穎誠說他第一次看到女生這麼會吃的。

「捧你的場還被你嫌，太過分了！」我摸摸吃得很飽的肚子，埋怨他，「你以後不要煮這麼多東西啦，每餐都吃這麼飽，我看我很快就會胖起來了。」

「那不然等等我們出去散散步，消化消化好了。」

「好！那等我洗完碗。」我咧嘴一笑，快樂地收拾桌上的空碗空盤，站在洗碗槽前哼著歌洗碗。

羅穎誠則擰了條抹布擦桌子，擦完桌子又拿拖把拖地板。

我看見他的舉動，驚訝地張大眼，問道，「羅穎誠你幹麼？」

「拖地啊。」他回答得輕描淡寫，好像是件再平常不過的事。

「沒事拖什麼地？地板看起來很乾淨啊。」

「我的習慣。」他認真地拖地板，還邊回答我，「煮過東西後，爐子旁難免會被油漬噴到，所以我習慣煮完東西後拖地板，既然地板都要拖了，當然就整間廚房都拖一拖，不然光拖流理台附近的地板也很奇怪。」

我覺得他煮完東西就要拖地板的習慣才奇怪！簡直是潔癖到了一個極限。

不過那是他個人的癖好，我就算再覺得奇怪，也知道要適時尊重他一下。

十月分的西雅圖跟台灣的冬天一樣，大約五點左右就天黑了，而且早晚溫差大，出門前，我拎了兩件外套，一件自己穿，一件丟給羅穎誠。

我們走在夜色朦朧的異國街頭，因為只在住家附近，所以沒有燈火通明的景況，不過每間屋子裡透出來的昏黃燈光，看起來好溫暖。

「我覺得這裡好美。」我由衷感嘆，「以前最討厭到國外出差，不過現在好像有點喜歡了，大概是因為公司幫我們安排住在這樣的民宿裡，比較有家的感覺，不像住飯店，雖然每天都有人來打掃房間，但心裡還是很容易就冒出『我是過客』的感覺。不過這裡沒有，雖然凡事都要親力親為，我卻覺得這樣很棒，可以做自己的主人。」

當然，喜歡這裡的另一個原因也有可能是羅穎誠就在身旁。

羅穎誠沒接話，他只是安靜地轉頭看我一眼，透過皎潔月光，我看見他眼瞳裡的微弱光亮，像暗夜裡的兩枚星星，閃著微光。

他只是這樣淡然地瞧了我一眼，然後又把視線放回前方，卻輕易地就攪亂我心頭那一池水，漣漪陣陣，泛起一圈又一圈的波紋。

於是我們兩個就這樣走了一小段路，各自緘默。他不開口，我也就不說話了。

最後終究還是他先忍不住，清了清喉嚨後，說：「明天我們幾點要去找 Jeff ？妳有沒有跟他約時間？」

「跟他的祕書約了十點過去，明天早上我會再打電話給他的祕書確認。呃，不對喔，羅穎誠，這次你出來是要協助我訪客，聯絡客戶的事應該交給你才對，怎麼變成我在跟你報告？」

「有差別嗎？」羅穎誠頑皮地耍嘴皮子，「反正我們是好朋友，而且我們現在也不在辦公室裡，妳應該不會太介意這種見鬼的職場倫理吧！」

「你錯了！我很介意。」我假裝態度認真地強調，「再怎麼說，我也算是你的上司，我向來公私分明，雖然你廚藝很好，煮的東西都很合我胃口，要買什麼食材我也都聽你的，但那是在我們私底下的部分，在工作上，我還是希望公事公辦，所以，明天 Jeff 的祕書給你聯絡，聯絡的結果你記得再跟我說。」

羅穎誠哀號了一聲，問我，「一定要玩這麼大？」

「我哪有跟你玩？」我的語氣十分正經八百，「我是很認真的喔！或者，你希望我寫報告呈報給老闆？嗯……就說你以下犯上好了！」

「呃……不用不用。」羅穎誠連忙搖手，用充滿委屈的聲音說：「好啦，我明天會打電話給 Jeff 的祕書啦。」

「那就交給你了。」我微笑地拍拍他的肩膀，用上司的職責胡弄他，也挺好玩的。

老實說，我確實不是會因為自己的主管職務，就把自己端得高高在上，工作多做一點，對我來說也不是什麼吃虧的事，到底我也是從基層爬上來的人，不過就是運氣好那麼一點點，憑著死纏爛打兼卑躬曲膝，還有一諾千金的業務態度，迎刃而解許多難纏的case，才能爬到今天這種職位。但在心裡，我總覺得自己跟基層也沒什麼不同，甚至很多時候，我還會忘了自己身居主管職。

不過，這樣玩弄羅穎誠確實也是一種樂趣。誰叫他要讓我暗戀他，那種不能說，只能小心隱藏的心情太酸了，他的確是該受一點懲罰的。

要我承認喜歡你，並不是一件困難的事，
但要向你告白，卻讓我害怕而躊躇了。

接下來幾天，我們在西雅圖東奔西跑，拜訪過一個又一個客戶，每天都有飯局，才幾天我就有點吃不消了。

吃不消的不是那些吃不完的飯局，而是那些才吃了幾天我就已經吃膩的西餐。

「我好想念我們的白米飯、蔥花煎蛋、薑絲鮮魚湯喔。」

有一天回西雅圖分公司跟總經理開完視訊會議後，在回宿舍的路上，我有點悶悶不樂地轉頭看著窗外景色，幾分鐘後，小聲地對羅穎誠說。

羅穎誠一開始沒馬上回答我，像在思索什麼般緘默著，修長的手指放在方向盤上，安靜地繼續開車。

車子是我們前幾天徵詢過上層主管的意見，經過同意後，羅穎誠去租來的，他說這樣比較方便我們跑客戶。雖然在我們住處附近就有公車站，但他還是覺得有車方便多了。

沉吟片刻，羅穎誠說：「我們去超市。」

我一時之間沒聽清楚他說什麼，哼了句，「啊？」

「我們去買菜。」羅穎誠轉頭看我，笑著，「既然妳想念家鄉菜，那我們就去上次那間中國超市，買幾樣妳喜歡的菜。我記得明天沒有飯局，如果客戶提議要去吃飯，我們就跟他們敲其他時間。總之，明天晚上我們回家吃晚餐，我煮妳愛吃給妳吃。」

我的眼眶突然有點濕濕熱熱的。

羅穎誠知道我最不習慣餐餐吃西餐，偶爾吃個兩三天我還可以忍受，但超過三天沒吃到台灣的白米飯，我就會整個人情緒低落。

在台灣時，每次我們出去吃飯，我都能一餐吃兩碗白米飯，羅穎誠還曾經因此取笑過我，說我是他見過最不懂得控制食量的女人，簡直就是個飯桶。

抵達西雅圖之初，他就問過我是不是要每天晚上回家自己煮晚餐。我問他，出差已經夠累了，為什麼還要把自己搞得這麼辛苦？

「因為妳不喜歡吃西餐嘛。」他回答我。

「沒那麼誇張啦，我只是比較偏好從小吃到大的中餐，尤其是在這個金髮碧眼的國家，鄉愁總是特別容易氾濫。」我其實是有點感動的。

「所以？」

「先說好喔，你如果要煮中餐，我是可以陪你吃，但你如果要叫我下廚，那是不可能的事喔！我向來是動口不動手的，嘿嘿。」

「早知道妳是這樣的人啦！都認識妳多久了！」羅穎誠不以為意地衝著我笑。

就這樣，我們在西雅圖的中餐之約就這麼展開了，只要遇到沒有客戶邀約飯局的晚上，羅穎誠就會載我回家，讓我回房間去梳洗換裝，他則自己拿著鍋鏟在廚房為我們兩個人的晚餐奮戰。

不過，這幾天因為密集拜訪客戶，加上客戶太熱情，總說早就向餐廳訂好位置要請我們吃晚餐，不容我們婉拒，所以接連好些天，我們餐餐都吃西餐，吃到我都有點想吐了！

於是，羅穎誠把車開到那間中國超市外的停車場，我們推著大推車，又買了一堆東西。

在排隊等結帳時，羅穎誠看著我放在推車裡的土豆麵筋，有點傻眼。

「妳不是不喜歡吃罐頭食品？」

「本來是啊！」我點頭，又說：「可是不知道為什麼，剛才我看到它，突然有一陣很嚴重的思鄉情結，就很想喝一碗熱騰騰的白粥，配一碟醬瓜跟土頭麵筋。」

我不吃罐頭食品，並不是因為討厭，而是不敢吃！

在我二十歲那年，一向很疼愛我的姨婆辭世了。幾個親戚去幫忙整理姨婆的遺物，在冰箱和櫃子裡發現好幾罐開過和沒開過的罐頭食品。姨婆是大腸癌離開的，於是大家把姨婆的癌症與加工食品連結在一起，自那次之後，媽媽就不再買罐頭加工食品，也總是耳提面命提醒我們健康飲食的重要。

姨婆的事件，也確實在我心裡造成很大的衝擊，於是有很長一段時間，我真的連碰也不敢碰任何罐頭食品。

不過今天大概是因為太想念台灣了，想念到在架上看到熟悉的罐頭食品時，忍不住取下一罐放進推車裡。

好像這麼做，才能稍稍化解一下我有些嚴重發作的鄉愁。

回家的路上，羅穎誠問我明天早餐要不要吃粥，或者等等他也可以煮白粥當消夜，一慰我的思鄉情懷。

「好啊。」我一聽有白粥可以吃，心情馬上開朗起來，嘴角也不由得上揚了，「我想吃白粥。」

羅穎誠點點頭，聲音裡有笑意，他說：「使命必達。」

回到家，我先去浴室沖洗，羅穎誠則鑽進廚房裡洗手作羹湯。

我在浴室的氤氳水氣中一面洗澡，一面看著鏡子裡的自己，想起今天去客戶公司時，和一位跟我認識幾年的女主管碰面，她看到我，說我現在臉上的氣色很好，也比較紅嫩，跟她之前去台灣看到我的時候差很多。

她問我是不是戀愛了。

我當然是否認。

但是她不相信，她說以她身為一個媽媽的眼光來看，我這副模樣，八九不離十應該是戀愛了。

話題後來被我巧妙地以最近的國際投資情勢轉移開來，我偷偷看了羅穎誠一眼，發現他也正在看我，與他四目相交時，我有些莫名地心虛，他卻對我咧嘴笑了笑。

他不知道那個藏在我心底的祕密，我也寧願他一輩子不要知道，畢竟我們都已經過了以愛情為中心的年紀，雖然還是會為某個人心動，卻早就沒了年少時那份奮不顧身的勇氣了。

從浴室走出來，桌上已經放了一鍋冒著騰騰熱氣的白粥、一碟醬瓜、一盤土豆麵筋。我還聞到羅穎誠正在平底鍋裡翻面，但早已香氣四溢的葱花煎蛋。

「哇，好有台灣味。」我笑嘻嘻，走過去捏了一塊醬瓜丟進嘴裡，還不忘向羅穎誠邀功，「我剛洗完澡，所以手是乾淨的，是不是很乖？」

羅穎誠回過頭瞧了我一眼，滿臉笑意，「是是是，很乖很乖。」

「真敷衍。」我不滿意地嘟嘟嘴，又捏了一片麵筋吃。

「妳可以擺碗筷了，蔥花蛋快要可以起鍋了。」

我三步併作兩步衝到烘碗機前，拿了兩副碗筷，迅速回到餐桌旁，添好兩碗粥，然後拉開餐椅，一屁股坐下後，拿起筷子等待羅穎誠的蔥花煎蛋上桌。

「有沒有這麼餓？」

羅穎誠拿著盛了蔥花煎蛋的盤子上桌時，看見我拿著筷子準備進攻食物，一副蓄勢待發的模樣，差點笑倒。

「本來也沒那麼餓，但聞到煎蛋的味道就餓了……」我夾了一口煎蛋放進嘴裡，因為很燙，所以我哈哈呼呼地吐著氣，嘴也不肯停歇地喊著，「啊，好燙好燙……可是好好吃喔！」

「小心燙傷舌頭。」羅穎誠皺皺眉，「又沒人跟妳搶，怎麼像個小孩一樣？妳真的是在職場上俐落又能幹的林誼靖嗎？」

「林誼靖只在工作上才能幹，其他時候都是很笨、很白痴的。」我自嘲地說：「尤其是遇到廚房的事，我最最不行了。國中的時候，看我媽每天下班回來很累了，還要煮飯給一家子的人吃，那時為了要分擔我媽的辛勞，特地找一天去黃昏市場買了很多菜回家要煮，結果差點燒掉廚房！那次之後，我使用廚房的次數就大大減少，最多也只是在廚房煮水餃或燒開水，完全沒辦法料理其他食材。」

「那妳在這裡也千萬不要太衝動，可以的話，盡量不要踏進廚房，更不要碰到爐火之類的東西，這裡的地價高，房價也不低，萬一房子被妳燒壞了，依我們兩個人的薪水，就算不吃不喝拚命工作個十幾年，大概也還是賠不起的。」

羅穎誠不想客套一下安慰我就算了，居然還落井下石！

我正毫不客氣地賞他白眼時，他的筆電突然傳來一聲聲響。

「什麼聲音？」我馬上忘了要瞪他，連忙好奇地問道。

「應該是林姮潔，她昨天跟我約定今天這時間要視訊。」羅穎誠理所當然地回答，站起來說：「那我先去跟她視訊喔，妳慢慢吃吧，吃不下也不用硬撐，回頭我再來吃。」

他說完，就回到客廳去，打開筆電迅速在鍵盤上敲著字。

我本來開懷的心情，隨著他的離開瞬間 down 了下去，一頓消夜也吃得索然無味。

喝過粥，洗好碗，我才慢吞吞地往客廳的方向走，正打算穿過客廳回到我房間時，卻在客廳聽見羅穎誠彷彿有點生氣的聲音，他在詢問林姮潔某件事，希望林姮潔給他一個合理的解釋。

雖然知道不應該這麼八卦，畢竟，每對戀人即使再怎麼相愛也總有意見不合發生爭執的時候，我實在不應該大驚小怪，更應該當作什麼都沒聽到般回到房間去，但好奇心頗重的我，還是忍不住停下腳步，在心裡掙扎幾秒鐘，決定走到羅穎誠身邊，名義上是在整理茶几上的書報雜誌，實際上是在偷聽羅穎誠跟林姮潔的對話。

羅穎誠看起來臉色不是很好，我心想，也許真的是發生了什麼嚴重的事件，不然依我對羅穎誠的了解，他不是那種會隨便對女孩子發脾氣的男生。

很多次在公司，明明一些女生同事就是言語太超過，在私底下講了一些對羅穎誠不實的謠言。但羅穎誠知道後也沒有多大的情緒反應。我曾經好奇地問他，難道那些中傷他的話，他一點都不在意嗎？

「那些我不在乎的人惡意中傷我，我才不介意！因為在我的心裡，他們是不重要的。我不會對不重要的人花任何心思，我只在意與我親近的人對我的看法，其他的，我就不管了。」

也許這次林姮潔真的是做錯了事，不然羅穎誠不會這樣。

我的好奇心一如在雪地裡滾動的雪球般越滾越大、越滾越大，最後，我乾脆也不假裝了，就這麼大喇喇地坐在沙發上，瞪大眼睛直勾勾地看著羅穎誠，聽他跟林姮潔的視訊對話。

因為在乎，所以我們會痛、會難過，會在他轉身的那一刻，感覺心如刀割。

羅穎誠沒有跟林姮潔聊很久，也許是因為兩個人火氣都上來了，而羅穎誠又是那種一生氣就繃著一張臉不講話的人，所以林姮潔也跟他吵不起來。但他的冷淡，就算是隔了一整片大太平洋，想必她也能感受得到。而且一向被男生捧在手心的林姮潔，怎麼能夠忍受羅穎誠這樣？所以，在經過大段的沉默時間後，林姮潔先決定終止視訊聊天。

羅穎誠「啪」地一聲，很帥氣地蓋上筆電，然後整個人幾乎要埋進沙發的椅背裡，眼睛直勾勾地盯著前方，卻沒聚焦在眼前的任何東西上。

每當他心情不好時就會這樣。

安靜地、沉默地、眉頭微蹙地發呆。

雖然很想問問他到底發生什麼事了，但我知道，此刻什麼話都別講，遠比不斷追問他來得貼心些。

於是我把本來放在餐桌上的白粥溫熱了之後，端到客廳茶几上，又把吃了一些的醬瓜跟麵筋也一併拿過來，幫羅穎誠添好粥，問他，「要不要吃一點？」

羅穎誠沒有看我，只是輕輕地搖了幾下頭，繼續坐在沙發裡發呆。

也許事情比我想像中的嚴重。

我走過去，坐在羅穎誠對面，雙手托腮看著他，或許是我異常的靜默，終於惹得羅穎誠抬頭看向我。

「妳在幹麼？」他看著我問。

「陪你發呆。」我傻傻地朝他笑。

羅穎誠愣了幾秒鐘，也笑了，「妳不是還有客戶跟公司的電子郵件要處理，怎麼坐在這裡陪我發呆了？」

「因為我的助手在發呆，為了表示我是個體恤下屬、願意跟下屬同甘共苦的好上司，所以我就勉為其難坐在這裡陪你發呆囉。」

「歪理。」羅穎誠雙手拍了大腿一下，順勢站起身，努力振作精神地說：「我吃點東西好了，聽說心情不好時，吃點東西，讓肚子有飽足感，有助於改善壞心情。」

「你這個才是歪理。」

「那我來實驗看看是不是歪理好了。」

說完，他拿起茶几上的白粥，喝了一口，睜大眼睛，用驚訝的口吻說：「哇！這碗粥怎麼這麼好喝？」

我白了他一眼，吐槽他，「用這種方式吹捧自己，手法實在不怎麼高明。」

「不然就有人吃人東西卻不嘴軟啊。」羅穎誠夾了一塊醬瓜放進嘴裡，「我只好自吹自擂，免得做飯越做越沒信心。」

「我就是沒辦法惺惺作態。」我說：「雖然有話直說的個性老是得罪人很糟糕，可是我問心無愧。」

「嗯……我是該說妳個性很真，還是說妳很有勇氣呢？」羅穎誠咬著筷子，偏著頭笑。

「隨便你。」我也跟著笑，「不過你做的菜是真的很好吃，以後當你老婆的人肯定很幸福。」

最後那句話，我說得其實有些心酸，沒有人知道，我其實很想當他生命裡的女主角，雖然明知道我角逐失敗的可能性極大。

「也不一定。」羅穎誠若有所思地說：「我喜歡中國人說的一句話，叫『夫唱婦隨』，我希望我的另一半是可以陪我一起下廚的。煮東西其實很累人，尤其是在揮汗如雨的夏天。不過如果可以跟喜歡的人一起在廚房為美味的菜餚奮鬥，那應該才是真的幸福。」

我點點頭。

「其實，幸福是很簡單的……」他又心有所感地說。

我看著他，覺得他今晚可能真的深受打擊了。腦中不禁臆測著該不會是林姮潔變心了吧？他們的愛情才剛萌芽，他就被公司派出國出差，林姮潔身旁又有一堆繞著她飛的蒼蠅，說不定就有人趁這個空檔期陪在她身旁，取代了羅穎誠不在她身旁的那個空缺……

掙扎片刻，我聽見自己的聲音，「呃，其實、其實失戀也沒什麼大不了的，不就是……失去了一個不怎麼愛你的人嘛！但她的損失比較嚴重，她失去的是一個愛她的人……」

說完，我睜著眼看羅穎誠，看他把碗放在嘴邊，手上的筷子還在擱在碗裡，整個人就這麼定格了幾秒鐘，才緩緩開口。

「妳怎麼知道我是失戀了？」

果然被我猜中了！我知道我不應該幸災樂禍，不過此時此刻，我卻很想放煙火慶祝。

「我猜的。」勉強鎮定住差點就要跳起來狂歡的衝動，我努力讓自己的表情跟聲音正常一點，「不過你真的不要太傷心，總會有個適合你的人出現。」

羅穎誠看著我，慢慢的，嘴邊綻出笑意。

「女生的想像力果然很豐富。」

我不懂他說的意思，依舊睜大眼望著他。

「我沒有失戀啦。」羅穎誠解釋道，「我們只是有些口角。因為林姮潔把小咪放在她朋友那裡寄養，她說她對貓毛過敏，小咪才住幾天，她的鼻子就嚴重過敏，所以她決定先把小咪放在她朋友那裡，等我回去時，她再陪我去把小咪帶回來。」

我好像聽見自己的心碎裂的聲音。剛才的歡欣鼓舞，瞬間逃逸無蹤。

我睜大眼，好像聽不懂他在說什麼一般地望著他。

「我沒有辦法接受她這樣的說法，如果她會對貓毛過敏，那她可以事先跟我說，我並不會怪她。可是她現在把小咪丟到她朋友那裡去，小咪心裡會怎麼想？寵物跟人類一樣，都會恐懼被遺棄，她這麼做，跟遺棄小咪有什麼差別？」

羅穎誠好不容易舒展開來的眉頭又緊緊攏聚在一起。

「或許是我太小題大作了，可能是因為我總把小咪當自己的家人，所以才會這麼生氣。不過剛才她在氣頭上，不小心洩漏了她其實並不喜歡寵物。我其實有點難過，她如果不喜歡寵物，那當初為什麼要答應幫我照顧小咪？當我說我想把小咪寄放在寵物店時，她就不應該自告奮勇說她可以幫忙我……就算是討好吧，也不用這麼刻意勉強自己啊。」

「或許、或許她也想試試看啊。」不知道為什麼，我竟然脫口幫林姮潔說話，「說不定她也以為她可以的……」

「我是生氣，但我也……心疼她。」羅穎誠嘆了口氣，「我生氣她為了我答應照顧小咪，卻又做不到。也心疼她為了我，試著忍受貓毛引起的過敏症，如果……如果以後我跟她真的有了結果，她又對貓過敏，那我該拿小咪怎麼辦呢？我很掙扎，小咪是我的家人，我不能拋棄牠，可是林姮潔偏偏又對貓毛過敏……」

我也很掙扎，我到底該不該放棄任何一絲的期待？雖然知道羅穎誠的感情歸屬，但總覺得說不定還有一線曙光，即使明知機率很小，喜歡的心情卻讓人變盲目，縮小了現實中的種種阻礙，放大了愛情裡的一絲希望。

而我終於知道，原來，羅穎誠對林姮潔的感情是埋得這麼深。

深到我彷彿再也束手無策了。

那個晚上，我躺在床上，身體很累、眼睛也很酸，可是卻怎麼樣也睡不著。

十月的西雅圖夜晚，其實是有點冷的，我睡不著，只好起身開窗，坐在窗邊看了一整夜的星星，我以為這樣吹著冷風，隔天肯定會感冒了，只要感冒，我就可以藉機休息，躲在房間裡，不用再面對羅穎誠。

我其實是有些害怕的，我害怕自己會不小心在羅穎誠面前洩漏了自己的喜歡。感情是很私密的事，我只想把這份完全沒把握的感情放在心底，或許在很老很老的時候，偶然想起來，回憶我們在西雅圖的每寸光陰，都是甜蜜的。

在台灣時，當我意識到自己對羅穎誠的感情，當下我以為那只是依賴，如同孩子依賴母親一樣。

人是習慣性的動物，當你習慣某個人的存在，並且總是跟那個人有較多時間的接觸時，你會習慣性地依賴他，然後感情就會出現盲點，你會以為這樣的依賴是喜歡。

但它其實並不是。

一旦將他從你的世界抽離，逼你回到現實世界後，你會發現，其實你對他的感情還不到「愛」的境界，難過可能會有一點，倒還不至於會痛到椎心。

可是來到西雅圖，朝夕相處又共處一個屋簷下，舉目無親的我們就只能這樣相互依靠，感情急速升溫之後，我發現自己彷彿更喜歡他了。

喜歡，只是兩個字，但是心裡的思念，卻是一輩子了。

喜歡，只是兩個字，藏在心裡的思念，卻是一輩子。

第二天，吹了一夜冷風的我身體依然健康，完全沒有任何感冒跡象，就連喉嚨痛或頭昏腦脹之類的症狀，也完全沒有。

真的是……人家本來還很期待今天感冒耶！昨夜那一夜的冷風都白吹了！

這身體也真是奇怪！平時在台灣，如果熬夜個幾天，肯定頭痛、喉嚨痛……什麼亂七八糟的痛全都會一併發作。怎麼在國外吹了一整晚的冷風，還刻意不裹被子，被冷風吹得直打哆嗦，結果卻好端端的什麼事也發生？

莫非國外的風水比較適合我？

結果，反倒是羅穎誠竟然感冒了！

「你怎麼了？」

我才剛走到客廳，就看到羅穎誠鼻子通紅地坐在沙發上，他面前的茶几上有一堆被捏成一團一團的衛生紙。

羅穎誠抬頭，一見到我走過去，連忙拿起他身旁的口罩戴上，有點沙啞的聲音從口罩後方傳來，「妳不要過來，我好像感冒了。」

我停了停腳步，仔細看了他幾秒鐘，突然想起我的行李箱裡有一些退燒藥、維它命C錠，還有喉糖跟普拿疼。我衝進房裡全拿了出來，遞到羅穎誠面前，「這些給你，如果不是很不舒服，就湊合著吃，真的不行了，就去醫院看醫生，不要省這些錢。」

羅穎誠點頭，有些抱歉地對我說：「我不知道自己身體這麼弱，早上起床時頭腦昏昏沉沉的，所以沒做早餐，對不起。」

雖然平時早餐都是羅穎誠準備的，但他實在不用跟我道歉，我又不是他的責任，他沒有必要為我做任何事。

「今天換我煮吧，你想吃什麼？」

「妳會煮？」羅穎誠張大眼，不敢置信。

「幹麼露出那種表情？好歹我也是女生，總得學著進廚房吧！大不了搞砸了，我就去外頭幫你買點東西回來吃。」

「那妳要不要考慮一下，其實可以不用這麼費事，直接去買回來比較快。我不知道這房子有沒有保火險……」

「呿！沒禮貌！」我瞪他一眼，信心滿滿地說：「安啦安啦，我好歹也看你煮過很多次白粥，就算手藝再差，依樣畫葫蘆也總是會的，你乖乖坐好，我等一下肯定捧著一鍋香噴噴的白粥出來讓你流口水，你等著喔。」

「好……吧，我……衷心期待……」羅穎誠說得完全沒任何信心。

好啦！我也不期待他有什麼信心，我只希望等一下我煮的白粥能幫我爭一點氣，別丟了我的面子。

結果，葫蘆就算依樣畫，還是會畫歪的！

原來煮白粥也是講求天分的，我還真的沒什麼天分。

「這是……芝麻粥？」

當我把那鍋「號稱」白粥的鍋子端出去茶几上放時，羅穎誠把頭湊近鍋旁，有些為難地看看那鍋粥，又看看我，然後艱澀地開口問著。

「是白粥。」我的聲音非常弱，有些心虛。

「妳加了芝麻？」他又問。

「沒有！」我也看著那鍋粥，聲音更弱了，「那是鍋巴……」

羅穎誠依然睜大眼看著我，幾秒鐘後，他笑了，「我第一次聽到有人可以煮粥煮到黏鍋巴的……」

「我水放太少、火開太大，又沒有乖乖攪拌，所以底層就焦了……」

「怎麼會？我看這鍋粥還滿稀的，不會太乾啊。」

我深深地吸了一口氣，依然是沒什麼氣勢的聲音，「因為剛才，就在要端出來之前，我加了一些熱開水進去攪拌了一下……」

「……」羅穎誠先是沉默片刻，接著點點頭，很認真的表情，「林誼靖，妳真的很天才。」

我自知理虧，也不敢生氣，只好說：「那不然我出去外面買點東西回來吃好了，這鍋粥煮壞了，不要吃了。」

哪知我正要轉身回房間拿錢包時，羅穎誠出聲叫住我，

「沒關係啦，吃就吃，反正又不是沒吃過鍋巴飯，我去廚房弄點脆瓜出來，還是妳要吃煎蛋？我可以幫妳煎一顆荷包蛋喔。」

「不用啦，你是病人耶，不要再費心煮什麼東西了，你坐著就好，我知道脆瓜放在哪裡，我去拿就好。」

說完，我三步併兩步地往廚房跑去，迅速從櫃子裡找出脆瓜，開罐後，倒了一些在小碟子裡，又把昨天晚上沒吃完的土豆麵筋從玻璃保鮮盒裡倒出來，再端著兩個小碟子走回客廳。

「好像也沒什麼東西了，這時候忍不住又想念起台灣來，在台灣，可以配著白粥吃的東西太多了，很多國外都找不到的，比如……豆腐乳。」我感嘆著。

「說不定有，只是我們沒找到。」羅穎誠安慰我，「下次去那間中國超市時，我們再仔細找找。」

「我上次看到那裡有牛頭牌沙茶醬，下次也買一瓶回來，吃火鍋可以用。」

「妳想吃火鍋？」

「這裡晚上天氣冷，其實很適合吃火鍋啊。」

「那我們今天晚上來吃火鍋。」

「咦？你也想吃？」

羅穎誠點點頭，又說：「今天我這個狀況可能沒辦法陪妳去見客戶了，萬一不小心傳染給人家那多不好意思！」

「沒關係，你就在家休息吧！反正今天這個客戶平常跟我也算熟，他不會吃了我，我自己一個人就可以了。」

「那妳要開車去嗎？」

我搖頭，「我打電話叫計程車就好了。車子就留給你用吧！如果你想去看醫生，有車子開也比較方便，不過如果真的身體很不舒服，你可以打電話給我，我再回來送你去醫院。」

「只是小感冒，我倒是覺得並不怎麼嚴重，就是鼻水多了點，喉嚨有點痛痛的，目前也沒有發燒跡象，等等我多灌一點溫開水，說不定明天又能跟妳一起去訪客了。」

我先用手機聯絡計程車，又迅速喝完粥，然後說：「你先好好休息才是真的，先把身體養好了再說，我先去準備一下，要出門了。」

「好。」羅穎誠點頭。

我回房間裡換了套外出服，拎著包包跟外套走出來時，計程車已經到了。

當我站在門口換鞋，羅穎誠走過來，站在玄關看我穿鞋，又叮嚀我，「晚上記得準時回來吃晚餐，晚一點我開車去超市買火鍋要吃的東西，妳就不要再跑去買了喔。」

「那怎麼行？你是病人耶。」

「別那樣大驚小怪，我當然知道我是病人啊，我會記得量力而為的，真的撐不住我當然就不會出門啦，我會自己評估自己的身體狀況，別擔心。」

「我覺得你還是不要亂跑比較好。」我依然不放心。

「好的！好的！」羅穎誠丟給我一個陽光般笑容，「妳就不要煩惱這個了，快去上班吧！路上小心喔。」

「路上小心喔！」這句話多甜蜜。

那是一句愛的叮嚀，而且是從你口中說出來的。

生病的人總是比較脆弱，就像是身處異鄉時，旁人偶爾的關心問候總能輕易就打動心房，再生氣的情緒，彷彿也能瞬間就煙消雲散。

我大約是在下午三點多的時候回來的，才剛踏進房子大門，就聽到羅穎誠心情愉悅地哼著歌，整個人躺在沙發上看電視。

「怎麼了？今天不用陪客戶吃飯應酬，所以心情特別好？」

我一面脫鞋，把外出鞋放進鞋櫃裡，拎出我的室內拖穿上，一面笑著對羅穎誠說。

羅穎誠見我回來，馬上從沙發上爬起來坐好，臉上還掛著笑，問我，「今天還順利嗎？」

「算順利吧。」

「沒被客戶吃豆腐吧？」

我聞言哈哈大笑，回答他，「你會不會想太多了？」

「我也只是隨便問問。」羅穎誠笑得很欠扁。

「我不只沒被吃豆腐，還不小心跟客戶敲好明年上半年度的訂單，他允諾要把單子下在我們公司，還讓我先跟公司說，請公司擬好合約書 e-mail 過去。」

「哇塞！林誼靖妳太強了，真不虧是業務主管，連這樣都能談成合約？聽說今天這個客戶挺難搞的，可是聽妳這樣說，我倒覺得其他同事們都形容得太誇張了，把他說得比凶神惡煞還可怕，但從妳口中說出來，我感覺對方好像很好擺平的樣子。」

「他的確不好搞。」我誠實地回答，「當初為了爭取到這個客戶的訂單，我花了多少心思在他身上啊！那時簡直是照三餐在打電話向他嘘寒問暖，生日跟耶誕節，甚至過年我都會寄手寫的卡片祝賀他。那時我總想，人的心到底是肉做的，再怎麼鐵石心腸，也總會被感動，更何況我們公司的產品品質也算口碑很好，沒道理他不跟我們公司下單，就算到最後他還是不肯把單下給我們，我好歹也能交交他這位朋友。」

「妳真有耐心！」羅穎誠嘆口氣，「像我就不行，一張網布出去，最長只要兩個月沒有下文，我就想放棄了。」

「還好我沒放棄！這個客戶就是這樣，一旦他認同你，就會對你死心塌地，不會輕易轉單給別人，除非別人的產品更好，或者我們的服務有疏失，在沒有大錯誤發生的情況下，他是可以跟你搏感情的，也算是個重情重義的好人。」

「所以為了慶祝妳拿下大訂單，我們晚上的火鍋是不是應該要加菜？」

羅穎誠露出比我開心的表情，我看了不禁好笑，彷彿這張合約單是他簽下來一樣。

「這是一定要的。」我臉上也堆滿笑容，重新拎起包包後，我說：「走吧，我們去超市買火鍋料。」

「我已經買回來了。」

「嗯？你今天還自己出門？不是要你在家好好休息的嗎？」

「我閒不下來啊。」羅穎誠搔搔頭，又說：「早上妳出門後，我就躺在床上試著看能不能再睡著，但是沒辦法，我只好起床拖地板，流了一些汗，精神更好了，於是就去超市買了一些火鍋料回來，中午吃過東西，想午睡一下，但還是睡不著，只好從雜物間裡找出修枝剪，去院子裡修剪那些造形樹。」

我一聽，心裡大覺不妙，連忙衝到窗戶邊看著院子裡那些造形樹。

不看還好，一看我差點暈過去。

「羅穎誠，你是不是剪了這兩株？」

我指指整個院子裡最醜的那兩株造形樹，本來是很漂亮的圓形，現在變成東缺一塊、西少一角的不規則形狀。

「怎麼樣？是不是很有藝術感？」羅穎誠笑嘻嘻。

「藝你個頭！」我不知道該哭還是該笑，「這房子是公司向人租來的，又不是我們公司的資產，你這樣亂剪房東的樹，萬一人家向公司追討損害賠償，你負擔得起嗎？」

「其實，接近中午的時候我有遇到房東。他剛好在院子外剪樹枝，我們聊了一下，他跟我講解很多園藝的事，還教我要怎麼樣修剪造形樹，最後他說那兩棵樹可以讓我練習，如果剪壞了也沒關係，只要不是剪得光禿禿的，他都可以想辦法補救……妳看，外國人果然很大方！」

「是你果然很有勇氣！」我差點又翻白眼，「就算人家真的這樣說，你還就真的這樣剪？說不定他只是客套，你居然當真。」

羅穎誠沉默了一下，才低聲地說：「……可是我覺得我剪得還不錯……」

我整個被他打敗！實在不知道他這是哪裡來的自信。

「算了！如果人家房東真的不介意那就算了，不過先說好喔，萬一房東跑來質問，或是跟公司告狀，你可不能不管，這禍是你闖的，你要自己負責喔。」

「哪是禍？明明就很有藝術感……」

羅穎誠好像被鬼遮眼一樣，還真的覺得自己那兩棵被狗啃過似的造形樹很棒，異常地堅持。

算了，他自己開心就好。

我開始祈禱房東真的像他講的那樣是大方的人，不會跟我們計較那兩棵怪怪的樹。

後來我跟著羅穎誠來到廚房，他說要煮火鍋湯底，我就自告奮勇要當二廚。

羅穎誠也沒反對，拿了幾根玉米讓我洗，洗完之後又教我怎麼切。

「一隻手抓著玉米，另一隻手就拿刀快狠準地切下去，不要切太小塊，但也不要太大，一根長玉米大概就切個五到六塊……」

羅穎誠示範完怎麼切玉米後問我會不會，我當然是立即點頭啊。開玩笑！我怎麼可能說我不會？羅穎誠說過，他希望他的另一半是可以陪他下廚的，他覺得那是幸福的事。我怎麼可以放棄角逐他未來另一半的機會？再困難也一定能克服啊，就像跑業務那樣，只要夠努力，沒有簽不到的約、沒有拿不到的單子。

但我想，或許我真的有菜刀恐懼症。才剛從羅穎誠手中接過菜刀，我的手就很沒志氣地抖個不停。

「妳怎麼了？」

羅穎誠眼尖，發現我的異常。

「呃，沒事沒事。」我抬起頭，用力對他露出微笑，「大概是太興奮了，這是我第一次切玉米，心裡很激動，所以才這樣……」

阿門！這個謊說得太爛了，請原諒我！

「多練習幾次就不會這麼興奮了。」羅穎誠嘴邊憋笑地建議我。

我乖順地點頭，然後左手抓住玉米頭，右手迅速地一刀下去，玉米應聲被切下一小塊。

「很有天分嘛。」

「你才知道？」被羅穎誠一稱讚，我的屁股馬上翹得老高，手也不抖了，「我媽當初真是看錯我了，真該把我送去好好栽培，說不定現在我就跟阿基師齊名了。」

「是是是！」羅穎誠假裝謙恭地對我作揖，「小的真是有眼不識泰山，居然還讓妳做我的二廚，真是太大才小用了，失敬失敬。」

我乾笑了幾聲，拿起菜刀，對準玉米快刀一切，又是完美的一塊。

我信心大增，衝著羅穎誠笑了一下，得意洋洋，「看吧！是不是？」

接著大刀又是一揮，哪知我的左手不知道怎麼的，滑了一下後，玉米沒抓穩，應聲而斷的兩塊玉米一塊撞上流理檯旁的牆面，滾進洗碗槽裡，另一塊則硬生生地飛出去，打在羅穎誠的小腿上，然後咕咚咕咚在地上滾了幾圈才停下來。

悲劇發生了，這就是自鳴得意的下場。

本來以為羅穎誠會大聲笑我的，誰知道他居然完全沒看玉米一眼，急忙抓起我的手，問：「妳有沒有怎樣？沒切到手吧？」

「沒有、沒有……」

羅穎誠不放心，抓著我的手左觀右看，確定沒有任何一絲損傷後，才輕輕放手，用關心的口吻說：「怎麼就這麼不小心？」

我的心臟怦咚怦咚跳，有幾秒鐘的時間，耳膜裡彷彿只聽見血液流動的聲音，被羅穎誠抓過的那兩隻手微微輕顫，就像我的心一樣。

「去客廳吧！這裡交給我就好了。妳剛才那樣簡直要嚇死我了，要是這種情況再發生一次，我怕我的心臟會馬上沒力。」

我聽話地走回客廳，乖乖坐好。因為如果我沒有馬上遠離羅穎誠，我怕我的心臟會比他更早沒力。

我沒對你說，其實當你握住我的手時，我感受到的不僅僅是你掌心的溫度，還有心裡的悸動，和飽滿的幸福感受。

晚上吃火鍋時，雖然我力圖鎮定，但只要腦中閃過羅穎誠握住我的那個畫面，臉頰就會發燙發熱。

「妳很熱嗎？要不要我把窗戶再開大一點？」

羅穎誠終於發現我的異樣，他開口問我時，我怔忡了片刻，隨即連忙搖頭。

「不用不用，我吃火鍋都會這樣，大概是喝了熱湯的緣故，沒事的。」

我今晚真是說了太多謊話了，再這樣下去，大概連聖母瑪莉亞跟觀士音菩薩都會忍不住想懲罰我吧！阿門！阿彌陀佛！

羅穎誠相信了，於是他不再追問，安靜地從冒著滾燙小泡泡的火鍋裡用大湯匙撈出一整匙高麗菜給我。

他知道我喜歡吃高麗菜。

也知道我吃火鍋時常常粗心大意，一不小心就會被高溫的鍋邊燙到手，有時是手指，有時是手腕，反正吃火鍋時總會在我身上演變出一場小小災難，可偏偏我又很喜歡吃火鍋。也許我喜歡的，並不真的是吃火鍋，而是喜歡看鍋子裡擺滿各式各樣五顏六色的食材，在冒著滾燙泡泡的鍋裡翻滾跳舞，那會讓我有飽滿的幸福感。

由於那種種因素，每次只要跟羅穎誠吃火鍋，他就會很紳士地幫我服務，甚至不讓我動手，主動幫我舀菜，放我喜歡吃的食材進火鍋裡煮。

最近我常想著，如果他不是因為跟我如此熟稔，那有沒有可能喜歡上我？

雖然他曾說過我並不是他喜歡的那種女生類型，但他也說過，像我這樣的女生，外表看起來很獨立、又有點強勢，但內心比任何女生還要纖細脆弱，更需要被呵護照顧。對我好一分，我會還給對方十分，對我壞一分，我卻能轉身就忘記，除非痛極心傷，否則永遠都能以自己愛的人為中心，不斷繞著他轉，即使受了委屈，也絕不會輕易就放棄。

「所以如果以後我老婆是像妳這樣的女生，我也會覺得自己很幸運，能被這麼重情重義的女人愛著，我想那是我運氣好。」

羅穎誠曾經這麼對我說。他說這句話的時候，我對他還沒有任何感覺，所以當他說完這句話，我哈哈大笑了好一陣子，然後回答他，「是好運還是厄運，等你真的遇到就知道啦！我如果真的那麼好，那為什麼那些說喜歡我的男生全都在跟我交往過後逃之夭夭了呢？當朋友跟當情人是不一樣的，因為你是我的朋友，所以我不會對你任性耍脾氣，不會斤斤計較你的行蹤和打電話給我的次數，不會因為自己胡思亂想的臆測就搞自閉要你哄我。羅穎誠，女生絕對不是像你看到的那麼簡單好處理，當她們把縝密的心思和有如柯南般抽絲剝繭的推理能力，用在追蹤你的行蹤和觀察你的言行上，你會發現，女人原來是全世界最複雜的生物，每一類的女生，都有每一類女生複雜難處理的一面，包括我。」

真的是……當初我為什麼要對他說那些話？害他自那次以後就把我歸類在「難搞又龜毛」的女生類型。

要是我知道事情到最後是這樣演變的，我當初一定不會那樣對他說。

魏蔓宜說得好，人類是世界上最矛盾的生物，往往一方面努力表現自己，另一方面又不斷地自掘死路。

我正面臨這樣的困境，唉。

火鍋還沒吃完，羅穎誠的手機就傳來訊息聲，他拿起手機看了一下，嘴角綻出笑意，然後開始邊微笑邊回訊息。

雖然我大概猜得出是誰傳訊息給他，以致於他這麼開心，但嘴巴還是管不住地問了句，「誰啊？」

「林姮潔。」羅穎誠沒抬頭看我，正專心地跟林姮潔傳訊息。

我咬著筷子，眼睛直勾勾地盯著羅穎誠低頭的臉，他的鼻子很挺，雖然頭微微低下，看不清他的全臉面貌，不過他舒展的眉頭、微揚的唇角、彎成兩枚新月般的眼睛，組合起來，就是我喜歡的那個樣子。

「你們、你們不是吵架了？」

我努力讓自己的聲音聽起來很平常，不帶任何異樣的情緒。

「早上和好了。」羅穎誠放下手機抬頭看我，依然微笑著，「妳出門之後。」

「喔。」

我從碗裡夾起一片只剩些微溫度的高麗菜放進嘴裡，打算就此終止這個話題，結果羅穎誠卻又主動向我交代。

「她傳訊息向我道歉，我覺得自己昨天的反應也真的太大了，想不透我自己為什麼這麼自私。林姮潔為了幫我照顧小咪，忍受自己鼻子過敏的不舒服，我卻對她這麼不諒解。昨夜我懊悔了一整夜，坐在窗邊吹了一晚的風，清晨還不小心趴在桌子上睡著，今天早上起床才會開始感冒。大概是人在身體不舒服的時候感情特別豐富，早上林姮潔傳訊息來跟我道歉時，我突然覺得非常感動。道歉這種事，不是應該都由男生先表示的嗎？結果林姮潔比我早一步低頭，她那麼驕傲的人，要她這麼做，也實在是不容易……」

我托著腮看羅穎誠，嘴裡沒說話，心裡卻難過死了。

那麼一瞬間，我有些恍惚了，只能看見他一張一合的嘴。他唇邊噙笑的模樣，他說起林姮潔時眉飛色舞的眼神。我感覺到，他的一顆心，隔著千里遠卻依然無時無刻牽掛著林姮潔。

我突然好想哭……我們明明靠得這麼近，卻又離得那麼遠！他的心，是我觸碰不到的地方。

或許，我們真的就只能這樣當一輩子的朋友，永遠友好，卻無法擁抱。

那天晚上，我的話變得很少，大部分時間都是羅穎誠在說話。他開心與不開心很容易分辨出來。心情好的時候，說起話來總是手舞足蹈。心情不好的時候，多半時間會沉默，只在問他話時，他會哼哼唉唉回個幾聲。

我的狀況跟他差不多，心情不好就話少。

其實我很討厭現在的自己，陰陽怪氣的，情緒總是很容易被牽動，只要羅穎誠的一個眼神、一句話，或看他收到簡訊時臉上那種幸福滿分的表情，就能讓我的心情大起大落好幾回。

羅穎誠太開心了，身陷在戀愛中的人，往往看不見旁人凝視他的目光。在他全部的世界裡，只看得見那個他想呵護照顧的人，所以他看不見除了她以外的任何一個人，他關心的，也只有她的喜怒哀樂，其他人全上不了他的心。

我沮喪極了，覺得自己的狀況日益嚴重。今天單獨去訪客時，雖然在飯桌上談成那筆大單，我卻沒有太興奮，我想那是因為羅穎誠不在身旁的緣故。

所以，吃過中餐，本來客戶還想充當導遊帶我四處走走看看，說我難得可以出差來西雅圖，說什麼也應該要學我們台灣人的好客精神，盡盡地主之誼地帶我到處去蹓躂蹓蹉，卻被我千方百計地婉拒了。

我的說法千百種，真正原因卻只有那一個，那就是，我想回家跟羅穎誠安靜地、祥和地、笑聲連連地吃一頓晚餐，食物美不美味已經不是重點了，我期待的是兩個人相處的時光。

只是，再怎麼期待，也期待不了他的心。

突然之間，我很想打電話給總經理，請他讓我回去台灣，換另外的同事代替我上陣，或者，幫我換一個搭檔。

再這樣下去，我很怕自己會忍不住崩潰，或者，在哪次飲酒同樂的歡樂氣氛下，誠實地對他全盤供出自己的感情。一旦掀了底牌，我跟他可能就連朋友也當不成了。

第一次，我感覺到喜歡一個人是如此讓人徬徨。

以前跟梁南浩在一起時，雖然知道他是已婚的身分，但那時夠年輕，什麼都不怕，光憑一股傻勁就能勇敢地跟他在一起，有沒有未來好像也不是那麼重要的事，只在乎能夠擁抱的分分秒秒。

但是物換星移，我早就沒了年少時的衝勁。面對一份沒有把握的感情，我已經喪失了冒險的勇氣。

或許，早就該抽離了，再這樣下去只會徒增自己的傷心，或者，讓我跟羅穎誠的交情陷入更不堪的境界。

不管是怎麼樣的情形，都不是我所希望的。

遠離，或許才是對他、對林姮潔、對我自己都好的三贏方式吧！

職場磨去我們個性裡的稜角，讓我們變得圓滑通透，不再尖銳。
但愛情磨去我們骨子裡的勇氣，讓我們變得膽小怯懦，不再勇敢。

有人說，愛情是一個小星球，在這個星球上，一個人太孤單，三個人太擁擠，兩個人剛剛好。

在這個小小星球上相偎相依的兩個人，看著只有彼此才看得見的風景，叨絮著只肯對彼此嘮叨的話語，有時爭吵有時哭，有時苦惱有時笑，旁人看不見只有你們自己才知道的景致。

那些風風雨雨，也就只有親身經歷過才會懂得，絕非旁人的三言兩語能斷定。

偶爾我還是會想起那段跟梁南浩一起度過的時光。

時間，是一種很奇妙的東西，它總能輕易就篩掉曾經讓你悲傷難過痛不欲生的記憶，只留下美好的那個部分。你並沒有真的忘記那些不好的過程，只是不會再輕易記起，也許在某個時間點，你會突然想起那段不怎麼愉快的時光，但當時的那些痛，卻怎麼樣都再也記不得了，只知道心曾經那麼痛過，而那些歲月裡的那些心境，已經無法再揣摩了。

與梁南浩再度相遇，是我完全意想不到的事。我想不到，我們再度碰面的地點居然是在西雅圖，而且還是在客戶的辦公室裡。

我知道我們這個圈子不大，大公司就那幾間，而國外的客戶重複性太高。但這麼湊巧的機會怎麼還是讓我們碰到了？

那天羅穎誠沒陪我去，他先送我到客戶的辦公室樓下，再去拜訪另外一個客戶，分手前，他說：「等妳訪客結束再打電話給我，我來接妳。」

他的眼神誠摯、語氣溫柔，我望著他彷彿漾著微光的眼睛微怔片刻，才回神對他笑了笑，說：「那晚點見，你開車小心一點，別開太快。」

「遵命。」他笑得無懈可擊。那一刻，我的胸口像被什麼掐緊了又鬆開，有些窒礙地用力深吸了一口氣，才舉起手朝他輕輕揮了揮，望著他的車尾燈離去。

暗戀，果然是深埋在心底最深沉的痛，那樣細微又徹底，令人連呼吸都覺得困難。

走進客戶公司，祕書先帶我到候客室等，沒多久又說她老闆請我進辦公室，還說辦公室裡有個訪客說是我的老朋友。我於是懷著好奇心走進去，但前腳一踏進辦公室，我馬上就想拔腿逃跑了。

「嘿！真巧。」梁南浩用國語對我說，臉上掛著大大的笑。

我心裡還在掙扎到底要不要真的拔腿逃跑時，那位外國客戶已經走過來熱情地握住我的手，嘴裡不斷地說著「歡迎」、「好久不見」、「真高興看到妳」……之類的話。

我看著他一張一合的嘴，整個人是恍惚的，腦袋亂哄哄，越過客戶的臉看過去，還能看到梁南浩微笑的臉龐。

「Nan 說他和妳是老朋友，所以我就讓祕書請妳進來，想給妳一個大驚喜！怎麼樣？是不是很意外？我看妳都嚇傻了呢！來，坐啊，等等我們一起吃個飯，難得你們都來，我請你們吃中國菜，我們這裡有間餐廳燒的中國菜聽說很道地，你們兩個人幫我評評看，真的道地我再帶我老婆小孩去吃……」

Janson 笑得很開心，他有點禿頭，不過身材維持得很不錯，對人也客氣，我一直覺得他是個好客戶，昨天跟他通電話時，也很期待今天跟他碰面，不過現在我卻笑不出來。

這根本就不是什麼驚喜，簡直是驚嚇嘛！

我的心臟正接受嚴重的大考驗，梁南浩一定是老天派來考驗我心臟的。

後來，我坐在沙發上，一方面偷偷深呼吸，努力鎮定住自己浮躁的情緒，另一方面又要假裝很認真聽 Janson 跟梁南浩的對話，聽他們兩個人興致勃勃地聊整個世界的經濟情勢，幾個國家的進出口的貿易順逆差，雲端產業的未來性，物聯網的相關產業……聊著聊著，他們又聊到了球賽。許多美國人對棒球跟籃球還有美式足球充滿莫名的熱忱，Janson 也不例外。

梁南浩這一招實在是太陰險了！他出門前肯定做足了功課才來，不然，以我之前對他的了解，不要說他不碰這些球類，根本連電視的轉播賽事他也從來不看的。

他只喜歡打網球，而且除了網球之外的任何一種球類他都沒興趣。

聽他侃侃而談那些我印象中他並不熟悉的球類時，我伺機偷瞪了他好幾次，最後一次還被他抓包，我連忙作賊心虛地馬上把眼神移開，乖乖地眼觀鼻、鼻觀心地坐好。

午餐時刻，當我們坐在 Janson 說的中式餐廳包廂裡，梁南浩趁 Janson 去洗手的片刻逮住機會問我，「妳剛才幹麼瞪我？」

我沒說話，也沒看他，只拿起桌上冒著熱氣的杯子放在嘴邊，小心啜飲著杯子裡燙口的普洱茶。

「妳的手在發抖耶，怎麼了？」

見我不回答他，梁南浩只好自討沒趣地看我喝茶，哪知居然被他看出我的手因為太緊張而發抖著。

真是太丟臉了！怎麼越要在他面前表現鎮定就越容易失策？

我假裝從容地把茶杯放下，將手藏到桌子底下，兩隻手在桌子下用力交握，我正努力讓自己的手別顫抖。

可是，太難了！

我不知道為什麼自己會這樣，好像只要遇到梁南浩，身體裡的某個自己就會忍不住激動起來，心臟跟手腳就會不安地顫抖。

「喂，妳不要跟我說妳看到我會緊張喔！」

梁南浩看著我，那笑容裡有藏不住的洋洋得意。

「我記得妳那時剛進公司跟我獨處時也會忍不住發抖，後來妳跟我說，那時候妳只要跟我在一起就會緊張，妳還說，可能是因為妳太喜歡我的關係……」

眼見梁南浩又要滔滔不絕提起過去的事，我連忙開口打斷他。

「喂，梁南浩，你知道一件事嗎？」我深吸一口氣，又緊接著說：「只有對現今生活不滿意的人，才會不斷不斷提起過去的事！」

梁南浩看著我的眼神突然變得複雜起來，半晌，他說：「林誼靖，妳說對了。」

我微微詫異地看著他，不能隨即明白他話裡的意思。

「我確實是不太滿意現在的生活，妳不在，我的日子變得好空洞。可是那是我自己活該的，我知道，畢竟沒有誰必須為誰停留，尤其我又沒辦法給妳內心期望的未來。」

他沉默了幾秒鐘，又說：「有一句話，從我們再度相遇時我就一直很想問妳。妳好嗎？離開我之後，妳過得好不好？」

我的眼眶很沒志氣地又濕熱了。

「很好。」我逞強地說：「我一直都過得很好。」

梁南浩看著我，笑了笑，說：「林誼靖妳一點都沒有變，還是那麼愛逞強，每次妳說謊時，眼睛就會張得特別大，眉頭就會微微蹙起。」

我不知道原來自己說謊時會這樣。

「林誼靖，其實……我很懷念這樣的妳……」梁南浩頓了頓，又說。

「對不起！」我慌忙站起身，因為動作太突然，椅子被我的腳用力往後推，發出好大的聲音，引來一些人的側目。但我管不了那麼多，我的聲音低低的，「我去一下洗手間。」

說完，我轉身離去，在半途中還遇到洗完手正要回座位的Janson，匆匆對他扯出一個笑容，告訴他我要先去一下洗手間。

再不趕快離開現場，我怕我會忍不住在梁南浩面前掉眼淚。

曾經以為遠離的感覺，原來未曾遠離，它們只是被我藏得太深了，深到我以為不見了，以為自己可以心如止水，以為就算他再出現，我可以在他面前若無其事地微笑。

原來，我真的沒有辦法。

躲進洗手間，我看著鏡子裡的自己，臉色果然真的很不好，我不懂為什麼梁南浩總是能這麼輕易操控住我的情緒，彷彿只要一遇上他我就沒轍。

從包包裡拿出唇膏跟蜜粉，我必須靠這些化學物質來掩飾自己臉上的倉皇失措。

整理好自己，又對著鏡子反覆檢查過自己臉上的狀況，確定一切正常後，我才緩步走回座位上去。

餐點已經送上桌了，Janson 見我回來，馬上熱情地招呼我快吃，一邊又跟梁南浩熱絡地聊著稀少能源的問題。

我插不上話，也不想插上話，只好安靜地埋頭苦吃。

說實在的，經過剛才被梁南浩那麼一鬧，我的胃口也沒了，幸好中餐跟西餐的差別就在於它是一大盤一大盤擺在面前，所以每種東西我只要淺嚐個幾口就能交代過去，不至於讓 Janson 太明顯感覺我的胃口不佳。

我邊吃著，耳裡聽著梁南浩跟 Janson 聊天的聲音，腦海深處的記憶就這樣被勾起，我想起第一次跟梁南浩到國外出差時，客戶總愛請我們吃又貴又吃不飽的西餐，但那少少分量的餐點，哪能滿足梁南浩跟我的胃！所以我們總在和客戶道別後，連忙找間小小的店衝進去大快朵頤一番。

那時很年輕，快樂是很容易的事，就算只是吃吃路邊攤，也能開心好久。

因為梁南浩就在我身邊。

愛情發生的時候，心，總是很容易就感覺飽滿的，只要喜歡的那個人一直陪在身邊，即使下一秒就會死去也是快樂的。

只是，我們都回不到過去了，時光一旦走過，曾經再怎麼留戀的，也終將成為記憶，永遠停在那裡，變成回憶裡的一個點，閃亮的、耀眼的、恆久的點。

而我們都只能不斷向前走，即使頻頻回首，依然回不到那段最快樂的時光。

我沒有告訴羅穎誠關於我在 Janson 那裡遇到梁南浩的事，不過回家的路上，我異常的沉默，終究還是引起羅穎誠的好奇。

「妳沒事吧？」他關心地看著我。

「嗯？喔……沒事。」

我本來還在發呆，羅穎誠突然出聲，我還微微地怔忡了一下，接著又像沒事般地轉頭朝他笑笑。

羅穎誠沉默地看了我幾秒鐘，才意味深長地說：「如果遇到什麼麻煩的事，就說出來，不要埋在心裡，說出來或許依然沒有辦法解決，不過至少不用自己一個人承擔那些不愉快的事。」

他說完，還是安靜地看著我，好像在等我的回答。

「真的沒事。」我的聲音低低的，非常沒有說服力。

羅穎誠不是笨蛋，他或許聽得出我的言不由衷，但他沒有再逼問我。片刻之後，他的聲音輕聲而溫柔地從嘴裡傾洩而出。

「如果真有什麼心事，不要忘記我就在妳身邊，說出來，我會安靜地聽，或許沒辦法提供什麼好的計策，不過我願意當妳的傾聽者，妳懂得的。」

是啊，我懂得的，只是我們之間現在夾著一個林姮潔，就再也不一樣了。

以前，羅穎誠跟我各自都沒有情感的負累，彼此可以當很單純的飯友兼死黨，除了梁南浩跟我的那段感情，其他的事，我幾乎對他沒有任何隱瞞，他對我亦然。

只是，曾幾何時，他身旁有了一個林姮潔，而我，竟然對他動了心念。

一旦感覺不再單純，祕密就變多了。很多話，我再也不敢對他說。

晚上，羅穎誠又在客廳裡跟林姮潔視訊，兩個人聊得很開心，他似乎再也不介意林姮潔把小咪寄放在朋友家的事，只是每天視訊時還是會問問小咪的狀況，聽聽林姮潔的每日報告。

他們聊得越開心、笑得越大聲，就益發突顯出我龐大的寂寞。

我從客廳晃到廚房，把碗櫥裡所有餐盤跟碗筷全拿出來洗了一遍，又拖了地，還是沒辦法沖洗掉一絲絲藏在心裡的那份空虛寂寞。

我孤單得好想哭，明明喜歡的人近在咫尺，我卻不能擁有，隔著最近的距離，我看見最遙遠的他。

回到房間後，我躺在床上，頭痛欲裂。

掙扎著坐起來，從行李箱裡找出頭痛藥，本來應該要喝點開水，好把藥丸吞下肚的，但我不想再走到客廳去，不想聽見羅穎誠跟林姮潔打情罵俏的聲音。

呆呆地看著手心裡的藥幾秒鐘後，我下定決心似地，鼻子一捏，打算用力把藥粒吞下去。哪知，藥才剛用力吞下，還沒滑過喉嚨，我的手機突然大聲唱起歌，把我嚇得跳起來。這一跳，頭痛藥又跟著從喉嚨裡跳出來，重新回到我嘴裡。

我挫敗地把藥吐在手心，心裡咒罵那個突然打電話來的冒失鬼。

手機上浮現的是一組陌生的號碼，我瞪著那串長長的數字，怎麼樣也想不起來這是誰的電話。

按下通話鍵，我才剛禮貌性地說完「Hello」，梁南浩的聲音就從電話另一頭傳來，

「睡了嗎？」

我一聽，差點從床邊掉到地上去。

我驚魂未定，拍著胸，戒慎恐懼地問：「你、你為什麼有我的手機號碼？」

「Janson 告訴我的。」

「他為什麼會把我的手機號碼告訴你？」

我好意外！外國人不是最重視個人隱私的嗎？就算 Janson 對中華文化很有興趣，也不應該學台灣人的雞婆，熱情地把人家的電話什麼的全告訴別人啊！

他不知道台灣現在有個法令叫個資法嗎？或許我該找個時間跟他提一下。

「因為我對他坦承我跟妳過去的關係，我告訴他，我想再把妳追回來，Janson 聽了太感動，就把妳的所有聯絡方式全告訴我了。」

梁南浩在電話那頭笑得很開心，我卻差點聽岔了氣！

現在是什麼狀況？

我完全笑不出來，繃緊聲音問他，「梁南浩，你說真的還是假的？」

梁南浩安靜了幾秒鐘，又笑了，「假的。」

我差點崩潰，這個人真的好幼稚！

「很好玩嗎？」我的聲音還是很冷，「我覺得你好幼稚。」

「嘿！輕鬆點嘛，幹麼這麼嚴肅？」

遇到他，我要是真的能夠輕鬆點，我就輸他！他不知道他曾經是我生命裡的風暴嗎？我的世界曾經翻天覆地，全是因他而起。現在，他居然若無其事要我放輕鬆點！

「你到底有什麼事？」

我的情緒簡直瀕臨抓狂的臨界點，這個人難道不知道，我今天的壞心情全是因他而起嗎？他為什麼會突然出現在西雅圖，為什麼會跟我一起吃一頓午餐，為什麼會跟我合作了三年的客戶那麼麻吉……這一個又一個的疑點都讓我非常地困惑。

「想約妳出來吃頓飯呀。」

梁南浩回答得很順口，就像我們交往的那些日子裡一樣，每次他想跟我見面時，總是把話說得非常理所當然，好像是再自然不過的事一般。

「我為什麼要跟你去吃飯？」

面對他，我的情緒好像再也把持不住，於是用這麼幼稚的話反問他。「幼稚」的行徑果然具有高度傳染力。

「只是吃頓飯嘛，林誼靖，妳不用這麼拒人於千里之外嘛。再怎麼說，人不親土親，我們居然能在離開台灣後還在西雅圖碰面，也是個緣分嘛！就衝著這份難能可貴的機率，我說什麼也要請妳吃頓飯，妳不要拒絕啦，我沒有別的意圖，就真的只是老朋友的見面飯局，妳相信我。」

梁南浩果然是談判高手！以前在他身旁做助理時，我就看過他怎麼說服客戶把單子下到我們老東家去，他總是能左旋右轉地牽著客戶的鼻子走，繞著繞著，就把單子拿到手了。

有那麼一瞬間，我彷彿也快被他話語裡的誠意打動，而答應跟他去吃頓飯。

就在動心轉念的瞬間，我的理智及時跑回來。我清了清喉嚨，說：「我……明天其實很忙，約了兩個客戶要見面，可能沒什麼時間，所以……謝謝你的好意。」

客套的說詞其實我也會，雖然功力沒有梁南浩高強，不過在這個社會上打滾過幾年，該有的底子我還是有的。

「那後天呢？大後天呢？後天的後天呢？」梁南浩不放棄。

「應該都沒辦法吧！」我說：「我們時間很趕，這幾天要拜訪完所有的客戶，然後往下一個行程走……」

「你們下一個行程要去哪裡？」

梁南浩這樣一問，我馬上又像刺蝟一樣，瞬間全身豎起保護自己的尖刺。

「我為什麼要跟你說？」我一點也不客氣。

「嘿，林誼靖，妳不要那麼緊張嘛！我也只是隨口問問，妳可以選擇不要告訴我啊，用不著這麼如臨大敵呀，放輕鬆點嘛。」

我簡直要吐血！

這個人為什麼能這麼輕易就把我搞得這麼緊張？

我覺得我好像是逃不出如來佛手心的孫悟空，被他玩弄於股掌之間卻無計可施。

「妳真的那麼討厭我？」梁南浩頓了頓，重新開口。這一回，他的語氣裡多了些無奈和委屈，「對不起，真的！我不是要故意傷害妳的，雖然遲了這麼多年，但我是很認真在向妳說抱歉的！」

魏蔓宜說過，我這個人最大的優點跟缺點，就是容易心軟。

不管曾經被人家怎麼傷害過，再傷再痛，只要對方道歉，說會誠心悔改，我就能馬上不計前嫌。

「都過去了！」我嘆了口氣，聲音很微弱，「梁南浩，過去的事就讓它過去吧，你不需要去追憶，我也不會再留戀，我們之間就維持兩條平行線，互不干擾，也不要再有任何交集，你跟我就算再怎麼努力也不會有任何結果，那為什麼不放過彼此呢？」

「我知道我們之間或許真的已經沒辦法再回到過去那段最快樂的時光，但即使情分已盡，至少還能是朋友，不是嗎？」

梁南浩在電話那頭深深地吁了口氣，頓了一下才說：「我想妳並不知道，妳離開後不久，我的妻子知道了我們的事，她追問我，我沒有隱瞞，我向她承認我愛妳，我對她說，或許妳才是真的適合我的那個人。她很傷心，哭鬧了好幾回，我們之間可能再也沒有辦法了，現在我跟她已經分居，為了孩子，我們還沒有離婚，但我想，那只是遲早的事。」

我握著手機的手微微顫抖起來，深吸了幾口氣，然後努力用不發抖的聲音對他說：「可是梁南浩，你為什麼要跟我說這些呢？你的世界已經不是我想再涉足的地方，那是一個禁地，我現在只想平靜地、用心地、懷抱幸福感受去喜歡那個我喜歡的人。」

平靜地、用心地、懷抱幸福感受地去喜歡你，
即使未來不可知，我卻不會後悔。

後來到底是怎麼答應跟梁南浩去吃飯的，我事後已經想不起來了，大約是因為太寂

寞，或心情實在太糟糕，所以就在梁南浩又打了幾通電話給我之後，我們定下了吃飯的時間。

人在異地，總是特別脆弱，只要有人願意對你好，你就很容易被感動到。

盛裝打扮要出門的時候，羅穎誠正坐在客廳用筆電回 e-mail，他抬頭看了我幾秒鐘，臉上有不解、有訝異，最後，他還是揚起笑臉，用輕鬆的語氣問我，「今天不是假日嗎？妳還跟客戶有約？」

我坐在玄關的穿鞋椅上穿高跟鞋，抬眼看他臉上千變萬化的表情轉變，心裡突然很希望他會稍微嫉妒一下要跟我吃飯的對象。為了這頓飯局，我花了將近兩個小時穿搭衣服，最後挑了這件露了大半背部的絲質粉紫色連身裙，還花了一個多小時細細地化了一個完美的妝容。

這麼用心的打扮，我為的並不是梁南浩，而是也許只能在出門前看我一眼，或在我回家時跟我聊上幾句話的羅穎誠。

我想讓羅穎誠看見不一樣的我，看見我美麗的模樣，看見除了林姮潔之外，在這個世界上其實還是有其他女生的。

「不是客戶，我今天是跟個朋友約好要吃飯。」我刻意在臉上擠出甜甜的笑。

「老朋友嗎？」羅穎誠微微詫異，「怎麼沒聽妳說妳在這裡也有朋友？」

「是老朋友。」我點點頭，「不過他也是前幾天才來西雅圖的，並不住在這裡。」

「喔。」羅穎誠點點頭，沒再問下去。

我卻有些失望了。

他為什麼不再問下去呢？也許只要他再問下去，我就會假裝不經意說出跟我約會的對象是誰，我想看看羅穎誠的反應，我想知道他是不是真的對我完全不在乎。

我很卑鄙，我知道。

明明知道他有女朋友，卻還是不能克制自己的情感，總希望力挽狂瀾，期待那不可能的萬分之一機會。

我覺得，在感情的領域裡我是一個很爛的人，總是無法克制地喜歡上已經有另一半對象的人，雖然並不是真的想破壞他們的幸福，可是人總有私心，總希望自己能夠幸福快樂，總是期待那份可能並不屬於自己的感情。

出門前，羅穎誠問我需不需要送我去餐廳。

「不用了，他會坐計程車來接我。」我說。

「這麼用心！」羅穎誠笑著，「還坐計程車來接妳，是……男生？」

「嗯。」我用力點頭，「前男友！」

正當我期待羅穎誠會不會有什麼特別的反應，而他卻只是淺淺微笑，沒表達什麼意見。這時，門外突然響起兩聲汽車喇叭聲，那是梁南浩喚我出門的暗號。

「那我出門了喔，拜拜。」我抓起包包，假裝神色愉悅地出門。

「早點回來吧，還有……別喝酒喔，太危險了……」

關上大門前，羅穎誠這麼叮嚀我。

我只是微笑點頭，大門闔上的那一瞬間，我卻感覺整顆心空落落的，像遺失了什麼重要的東西一樣，嘴角的微笑也瞬間消失。

我不快樂，一點都不快樂！

相處的時間越長，我就越難過。

我覺得老天爺總是在跟我開玩笑，祂總是在不對的時間把對的人送到我身旁來，讓我愛，卻不讓我擁有。

「妳怎麼了？」

上了計程車，梁南浩一眼就發現我的異樣，他關心地問我。

我搖搖頭，勉強微笑，「沒事。」

梁南浩伸過手來，摸摸我的頭，關心的微笑漾在唇邊，他說：「別逞強啊，林誼靖。」

我低著頭，看著自己緊緊交握的雙手，沉默片刻後，開口，「梁南浩，我覺得我很爛。」

梁南浩聽我這麼說，忍不住笑出聲來，「妳受了什麼刺激？」

「我總是在錯的時間愛上對的人。」

「這也是不可避免的事情啊。」梁南浩說：「我也是在錯的時間遇到對的妳，可是我們還是只能走到這裡，因為這就是人生。有美麗、有驚奇、有希望、當然也會失望與悲傷，我們如果無法改變，就只能選擇接受。」

「可是我沒有辦法……我已經不想再傷害任何人了。」我幽幽地說：「而且我也累了，老是扮演那種破壞別人感情的壞女人，我覺得自己好沒價值。」

「妳喜歡的人有老婆？」梁南浩有些吃驚。

「不是老婆，是女朋友。」我有氣沒力，「而且還是我的下屬，他們會在一起，我也推了一把。」

「妳人也太好了吧！既然喜歡人家，幹麼還要當邱比特把他們湊在一起？」

「我也是後來才喜歡上他的。」我哀怨地回答，「我要是知道後來我會喜歡他，當初就不會那麼雞婆了。」

「妳才不會不雞婆。」梁南浩用了然於心的表情看我，微笑著，「妳是標準的豆腐心，耳根子又特軟，最受不了別人求妳、拜託妳，就算是忍著痛，也會對別人的請求義無反顧。」

我瞪著梁南浩，不服氣地說：「講得好像你很了解我一樣！」

「我當然了解妳。」梁南浩溫暖地笑著，「好歹我們也在一起度過一段時光，不是嗎？」

「你其實可以不用這樣一直強調的，謝謝。」我沒好氣地說。

梁南浩看見我的反應，哈哈哈地笑了幾聲，又問：「今天想吃什麼？」

「隨便。」

我根本就沒胃口，一想起剛才要出門前，羅穎誠知道我要跟前男友出來吃飯卻沒什麼反應，我就覺得心灰意冷。

「我們去吃中式料理吧。」梁南浩興致勃勃地提議，「我同事跟我推薦這附近有一家私人料理餐廳，很不錯，他們的中式創意料理很特別，而且沒有菜單，就看老闆今天去市場買了什麼東西，就做什麼料理，妳覺得如何？」

「好。」我虛弱地回答。

「喂，不要這麼死氣沉沉嘛！跟我出來吃頓飯真有這麼累？給點面子吧！就看在我們認識這麼多年的分上嘛。」

我轉頭看著梁南浩，幾秒鐘後嘆了口氣，說：「奇怪！我現在坐在你身邊，怎麼反而不會發抖了？」

「什麼意思？」

「之前那幾次我們見面或講電話的時候，不知道為什麼我都會很緊張，手腳不能控制地發抖，有時候就連心臟也好像在顫抖，不管怎麼深呼吸或鎮定情緒都沒有用。可是今天不會了耶，你看！」我說著說著，突然在他面前舉平雙手，「你看我的手，完全不會發抖了耶，是不是？」

「有沒有可能……妳還愛著我？」梁南浩用不正經的口吻，笑嘻嘻地說：「只不過妳這個人太驕傲，所以不想承認這個事實？」

「你想太多了！」相較於他的不正經，我反而非常認真，「我這個人雖然在感情上總是一堆爛帳，但我還不至於厲害到可以一次愛兩個人，這一點我可是很肯定的。」

「有時候人的潛意識並不是那麼容易察覺的，往往要經過一個刺激，才會激發出那份深埋在心底的感情，就好像妳覺得妳已經不愛我，而開始喜歡那個妳認為妳很喜歡的男生，但或許等一下這裡突然發生龍捲風或恐怖攻擊之類的，也許在生死的那一瞬間，妳會發現妳其實好像並沒有那麼那麼喜歡他，反而還是愛我的……」

看著梁南浩一本正經的模樣，我卻忍不住笑出來。

「笑什麼？」梁南浩見我笑，也忍俊不住。

「笑你說這種話也能認真得像在跟客戶談生意一樣，口吻超專業，怪唬人的。」

「那妳被我唬住了嗎？」

「當然沒有。」我搖頭，「我認識你多久啦，了解你多深啊！怎麼可能這麼隨隨便便就被你唬去？」

「所以說，妳跟我在一起也不全然是沒有獲得啊，至少妳變得比較不容易被騙了。」梁南浩莫名其妙地得意起來。

「這麼說來，我是要感謝你囉？」

「這倒也不必，我們是相互增長。」

「嘿！多年不見，你還是這麼愛講這些沒什麼建設性的話。」

這一刻，我卻突然覺得好像不再那麼難過了！

曾經以為我不可能再跟梁南浩有什麼交集，也曾經以為分手後最好不要再見面的我，卻忽然覺得，分手後如果還可以當朋友好像也沒有什麼不好，畢竟眼前這個人曾經跟我那麼親密，那種被懂得的感覺並不是那麼容易被其他人取代的，那些默契，那一個眼神、一個舉動就能被了解的靈犀，也不是任何人可以做到的。

「梁南浩，如果……我是說如果，如果我們可以只做朋友，不要再牽扯任何男女間的感情，那該有多好！」我說。

「我們現在這樣不就正是妳說的那個樣子嗎？」

「你的意思是，你已經打算放棄我了？」

「是我被妳放棄了吧！」梁南浩彷彿不以為意，臉上的笑容依舊，「妳知道我這個人最不喜歡強迫別人的，我尊重妳做的任何決定，只要妳能開心快樂就好。」

我點點頭，微笑著。

「林誼靖，這樣也是一種愛妳的方式，我想妳懂得的。」

我們都太自私，只用自己的方式去愛彼此，卻忘了問那是不是對方想要的。

我從來沒想過，跟一個曾經用盡力氣去愛，最後心碎分手，又在多年後再度重逢的前男友，兩個人一起吃頓飯，氣氛可以這樣和諧。

曾經想像的針鋒相對，此刻並沒有發生。

我們反而可以拿過去的事來取笑對方。

梁南浩跟我聊起那段關於我們分手後的時光，說起他的生活跟工作，還有他緊繃的家庭關係。

「妳不知道那時我有多慘，好像一夕之間厄運降臨一樣，做什麼都不順，還被我老婆一天到晚打電話查勤，完全沒自由！那段時間，我整個人簡直瀕臨崩潰邊緣……不過，還好都走過來了。」

梁南浩雲淡風輕，彷彿在聊別人的事，他這個人向來樂觀，再難過的事，只要被他消化完再講出來，好像也都變成無關緊要的事一般。

我吃著眼前的餐點，安靜地聽他說話，有那麼一瞬間，我恍惚地以為時光還停留在過去，停留在我最愛他的那段日子裡，那時我們也像現在這樣，常常相約一起用餐，沒有固定的地點，梁南浩很會搜尋口碑好的餐廳，每次都是我在吃東西，他在說話。

我常常都會被他的妙語如珠逗笑到停不下來。

這頓飯，我們完全沒有隔閡，以非常朋友間的方式進行這場晚餐約會。

「其實如果妳真的有話想說，卻無處可講，我還是很願意聽妳說話的。」

我對他提到自己單戀羅穎誠，說起自己的苦惱，以及內心的掙扎，知道不該堅持這段沒有任何可能性的感情，卻又克制不了那股喜歡他的心情，梁南浩聽了，這麼對我說。

「單戀是很寂寞的。」最後，他用大師級的口吻對我說。

「幹麼一副你很通透的樣子！你單戀過誰？」我忍不住笑了。

「除了妳還有誰？」

「又來了！你除了貧嘴，還會什麼？」我受不了地翻了下白眼。

「還會愛妳。」

我聽他這麼說，馬上拿起叉子當凶器，開玩笑地警告他，「信不信被叉子叉到，你的嘴巴會馬上變香腸嘴？」

「喔喔，妳還是跟以前一樣凶悍。」

「廢話！你沒聽過『本性難移』這句話嗎？」我說：「我的凶悍是與生俱來，幼稚園時，我還為了我同學，自己一個人單槍匹馬去找國小二年級的男生單挑呢！不過現在想想，那時候也真有勇氣，明知道打不過人家，但為了朋友還是硬著頭皮去打架。要是當初沒有打那個架，我爸應該也不會想到把我送去學柔道吧！」

我說起上次跟羅穎誠吃完消夜，在暗街裡遇到一對吵架吵到幾乎要打起來的情侶。當我說到我過肩摔那個男生時，梁南浩吃驚地張大嘴。

「妳也真有勇氣！」梁南浩微蹙著眉，「以後遇到那種狀況，直接報警就好，讓警察來處理，不用強出頭啊！萬一對方身上帶兇器要怎麼辦？這樣很危險的啊。」

「那時也沒想這麼多，不過羅穎誠比我熱血多了，我還來不及反應他就衝過去了，我也是為了救他才過肩摔那個男生的……」

「妳喜歡的那個男生叫羅穎誠？」

「嗯。」我點頭，誠實回答，「你們見過面的，就是之前我跟他在餐廳吃飯，你過來打招呼看到的那個男生，他說他同學在你們公司那個。」

「喔，好像有點印象。」梁南浩點點頭，又用開玩笑的語氣說：「可是他長得實在不怎麼樣啊，我比他帥多了！」

我聞言忍不住狠狠瞪他一眼，酸他，「光是他比你年輕這一點就贏很多了！」

「哎唷，妳什麼時候變得這麼膚淺啦？」

「我一直都很膚淺啊。」我沒好氣的。

梁南浩揚著笑，意味深長地說：「看著喜歡的女生在自己面前提起她心裡喜歡的對象，這種感覺確實很怪異，我好像有點了解我太太當時的心情了。」

「你們……真的分居了？」

梁南浩點頭，表情有些苦澀。

「那小孩呢？」

「跟她住。」梁南浩嘆了口氣，重新掛起笑容，努力讓語氣輕鬆地說：「我常常要加班，有時還國內國外飛來飛去的，所以孩子跟她住真的比較好，說到底，她也是小孩的媽，跟孩子相處的時間總是比我多，孩子又剛好在叛逆期，她能花多一點時間關心小孩，教育方式也不會像我這麼沒耐性，動不動就對孩子大吼大叫……」

「你這樣的說法好沒責任感。」我不能認同，「怎麼能因為沒耐性就把孩子丟給老婆？」

「我承認。」梁南浩的聲音低了下去，「所以我覺得自己虧欠他們很多。」

「想辦法去挽救吧！如果你還愛她的話，就想辦法把她追回來。」我誠心地說：

「對於你們之間的事我也很抱歉，雖然當初說了不會讓她知道我的存在，但畢竟還是破功了，讓你們的幸福打了折扣，我真的很……對不起。」

「幹麼說這些？很多事並不是單一事件，我跟她其實早就有很多問題，妳的出現只是讓我的感情終於有了出口，如果妳沒出現，我想我跟她說不定還是會走到這一步，只是時間早晚的問題而已。」

我看著他，心裡百味雜陳，有些事，總要在經過之後，才會感覺悔不當初。

我沒有後悔跟梁南浩的那段感情，但我後悔自己介入他們的婚姻，我因此傷害了另一個女人，這是我最不能原諒自己的事。

回家的路上，我異常沉默，心情是很掙扎、很混亂的。基於前車之鑑，我決定要收回喜歡羅穎誠的那份感情，我已經傷害過一個女人，不能再傷害另一個。

於是，接下來的幾天，我努力避開跟羅穎誠單獨相處的時間，有時不得不一起去拜訪客戶，我也只跟他談工作上的事，其餘的不會再跟他多說。

我正努力預防自己的感情陷入，雖然很痛，雖然感情是一旦起了頭就很難再回頭，但我想，也許只要撐過了過渡期，一切都會回到軌道上。

「妳最近怎麼了？」

即將離開西雅圖的倒數第三天晚上，羅穎誠開車載我回到家，我在玄關換好室內拖鞋，拎著包包正要回房間時，羅穎誠已經停好車衝進來擋在我的房間門口，皺著眉問我。

我低頭看了他的腳一眼，神色淡然地說：「喂，羅穎誠，你沒換室內拖鞋。」

羅穎誠眉頭微蹙，還是直勾勾地盯著我，聲音低低地又問我一次，「妳最近到底是怎麼了？」

我的心情突然很紊亂，還是在臉上擠出笑容，「沒有啊，怎麼了？」

「妳最近對我好冷淡。」

「有嗎？」我裝傻。

「我是不是做了什麼讓妳不開心的事？」

「沒有。」我搖頭，還在努力擠笑容，「大概是工作太累了吧！」

羅穎誠沉默了片刻，尷尬的氣氛在我們之間蔓延，我卻一點都不想動，低頭看著他的鞋尖，心裡憂傷地想著，能夠靠近多一秒，都是幸福啊！

「不是這樣！」羅穎誠看著我，那眼神裡有我不懂的情緒，「妳在躲我……為什麼？」

我躲開他的注視，依然低頭看著他的鞋尖，聲音微弱的，「我沒有。」

「到底發生了什麼事？林誼靖，從妳跟妳前男友吃過飯回來後就變得怪怪的。那天妳回來，我看到是梁南浩送妳，妳是跟他去吃飯嗎？」

「羅穎誠！」我抬起頭來，瞪視著他，語氣不怎麼好，「你問太多了！我跟誰出去、跟誰吃飯，全都不干你的事。」

「可是他是有老婆的人！」羅穎誠的火氣也上來了，「妳說過妳不想再走回頭路的，那為什麼還要跟他有所牽扯？就算再怎麼愛也不會有結果，那妳現在的堅持到底是為什麼？為什麼妳要這麼墮落……」

我被羅穎誠的話惹毛了，用力推開他，生氣地朝他吼，「你不懂！你什麼都不懂！你憑什麼批判我？你走開，滾！」

吼完，我憤怒地走進自己的房間。

羅穎誠衝過來拉住我的手，我甩開，他又拉，然後我又甩……當他第三次拉我的手時，我伸出兩隻手用力推開他，他倒退了兩步後，又像頭發瘋的獅子一樣撲過來，抓住我的手臂，把我圈進他的臂彎裡，粗暴地吻住了我……

那一刻，我多希望地球停止運轉，時光就此停留，我永遠被你抱在懷裡。

我沒有掙扎、沒有抗拒，就這樣靜止住所有的動作，只剩心跳還在繼續。

羅穎誠慢慢放鬆緊箍住我的雙手，親吻我的嘴唇變得輕柔而纏綿。

不知道時間過了多久，最後，他放開我，安靜地看著我，一句話也不說。

我也看著他，不發一語。

「……對不起。」最後，他這麼對我說。

我好像聽見自己的心碎裂的聲音，他的這句「對不起」，比任何一句話都傷人。

努力地朝他微笑後，我轉身，帶著一張快哭了的臉回房間去。

以為今天會失眠的，但大概是哭過之後特別累，所以我一夜無夢地睡到天亮。

隔天起床，羅穎誠已經準備好早餐放在廚房餐桌上，他壓了張紙條放在餐桌的咖啡杯底下，說自己去晨跑了，要我別等他，餓了就先吃早餐。

我拿著紙條看了又看，恍惚間，覺得昨天晚上發生那些事好像根本不是真的一般，我們之間也跟平常沒什麼兩樣，依然是羅穎誠準備完早餐後去晨跑，而我一個人吃著他精心準備的早餐，吃完坐在客廳看電視，等他回來再進行我們一整天的行程。

摸著昨天被他親吻過的嘴唇，想到昨夜的那情景，心臟又禁不住加速跳動。

吃過早餐，我才看了一會兒電視，羅穎誠就一身汗地回來了。他看了我一眼，臉上掛著一如往常的陽光笑容，問我，「吃過早餐沒？」

「吃了。」

「那妳等我一下，我沖個澡，盡快吃完早餐，我們就出門吧。」

「好。」

我捧著還冒著熱氣的咖啡杯，笑笑地看著他，直到他走進自己的房間裡，我才收起臉上虛偽的笑意。

其實我一點都不想笑啊！可是在這種情況下，我除了笑還能怎麼辦呢？總不能哭給他看吧！

我不能明白羅穎誠此刻心裡的想法，不知道那個吻代表的意義是什麼，或許他只是一時情不自禁，也或許他是跟我一樣，都太寂寞了。然而不管怎麼樣，他最後說的那句「對不起」卻很明白的表示這只是一場誤會。

坐在客廳裡，眼睛盯著電視螢光幕，卻什麼也看不進去，腦袋裡不斷回想的，就是昨晚那個讓我驚心動魄的畫面。

大概是太沉溺在昨夜的記憶裡，所以當羅穎誠走到我面前時，我並沒有發覺，直到他把臉湊近到我眼前，我才突然像看到鬼一樣尖叫跳起來。

「幹麼啦？嚇死我！」我拍著胸口，埋怨地瞪他。

「叫妳好幾聲了，妳都沒聽到。」羅穎誠笑嘻嘻地坐到我身邊，「在想什麼？想得這麼認真！」

「想我們後天的飛機，要幾點到機場去，去到倫敦後，不知道公司會不會幫我們租一間像這樣的房子，我好喜歡這裡，真不想離開。」

其實我更喜歡的是這個房子裡有你的氣息，有你朗朗的笑聲，有你用筆電回e-mail時敲打鍵盤的答答聲，有你為我精心準備的飯菜香，還有窗外那兩株我每次看到都會笑的你的藝術樹雕……這裡，有那麼多我們共同的回憶，是只屬於你跟我的。

那是我最最無法割捨的一切。

「妳也想得太多了！船到橋頭自然直啊，妳現在想那麼多有什麼用？」

「人老了嘛！你不知道人老了就比較會胡思亂想嗎？」

「妳哪有老？妳這樣要是叫老，那我也老了！別忘了，妳和我出生日期才差兩個月耶。」

「所以我沒說你很年輕啊！」

「雖然我身分證上的年紀沒辦法改變，但我心態可是很年輕的喔，才十八歲耶。」

看羅穎誠一臉得意的表情，我就忍不住想酸他。

「難怪這麼幼稚。」

「我哪有幼稚？」

「喔對，不是幼稚，是白目。」

「全世界就只有妳覺得我白目，其他人可是都覺得我很成熟呢。」

「他們的眼睛都瞎了。」

「是妳的眼睛沒睜開。」

「哼！我不想再跟妳鬥這種幼稚的嘴，會降低我的水平。」

「吵不贏人就耍賴，妳也是世界第一名。」

我拿手在自己的嘴唇上打了個「X」，表示我不想再開口。羅穎誠看著我笑了笑，就推推我的頭，說：「好啦，別玩了，不是跟人家約了要碰面嗎？我去洗個杯子，我們快出門。」

跟客戶吃飯時，我只顧著跟客戶聊，吃得少，但我餐盤裡食物卻從來沒有少過，羅穎誠在一旁不斷地幫我加餐點，直到客戶離座去洗手間，我才看到自己眼前那堆得像一座小山一樣的食物。

大概是羅穎誠看見我發怔的表情，湊過頭來在我耳邊小聲地說：「工作也不要忘了要吃東西，我看妳一直聊天，都忘了要吃。」

「……不是很餓。」我說，笑得勉強。

昨夜的那一幕突然又蹦進我腦海，剎那間，我不自在地躲開羅穎誠注視我的眼神，他卻沒發現，依然是一個勁地夾食物給我。

「不餓也要吃，不要又鬧胃痛了。」

羅穎誠越是用關心的語氣對我說話，我聽進耳裡，心就越覺得難受！

我不明白為什麼他要對我這麼溫柔、這麼關心。以前覺得理所當然的一切，一動了心之後，就感覺他似乎跨越了正常朋友的範疇。

像交代一樣的，我吃了幾口生菜沙拉，這時羅穎誠又有意見了。

「喝些熱湯吧！不要光吃生冷食物。」

說著，他就把一碗冒著騰騰熱氣的熱湯推到我面前。

在他的凝視下，我乖乖舀了幾口湯送進嘴裡，他這才滿意地微笑。

今天拜訪的這個客戶很好客，午餐吃完，他又邀我們喝下午茶，傍晚的時候，他老婆過來找我們，又邀了一起吃晚餐。

婉拒也沒有用，我們只好接受他們的盛情。

但其實我的胃口並不好，大約是中午吃完又接著下午茶，喝了太多咖啡的關係，我的胃隱隱作痛。

晚餐進行到一半，羅穎誠發現我的臉色不對，他趁客戶夫妻去取菜時低聲問我，「妳怎麼了？」

「胃痛。」我皺著眉，「可能是喝太多咖啡了。」

羅穎誠聞言，馬上從自己的包包裡拿出一包藥，從裡面取出兩顆放在手心，伸到我面前，「先拿著，我去幫妳倒白開水。」

我乖乖地讓那兩顆藥躺在我的手心，等羅穎誠去拿開水回來。但藥吃下去後，胃痛並沒有減緩，我還是覺得胃一陣一陣地抽痛。

到後來，我的不舒服連客戶都看出來了，他問我怎麼了。

「小毛病，不礙事。」我努力擠笑。

「她胃痛。」羅穎誠多嘴地替我回答。

客戶知道後，連忙問是不是需要送我去醫院。

「啊，不用不用。」我急忙搖手，「只是小毛病，不用上醫院啦。」

後來客戶體貼我身體不舒服，決定結束飯局，還再三道歉，說佔用我太多時間，也沒發現我身體不適，還說下次我來西雅圖時，他一定要再作東請我吃飯。

「一定！一定！」我客套回答，然後跟他們道別。

在回家的路上，羅穎誠很擔心我，一直問我有沒有好一點，是不是還很痛，開車時，還時不時拿眼睛往我這邊瞧。

「別擔心，忍一下就過去了。」我用過來人的經驗談口吻說著。

「真是讓人擔心的傢伙！胃痛這種事哪能忍？萬一是急性胃穿孔，引發腹膜炎，那要怎麼辦？老是不愛惜自己的身體，這樣下去怎麼行？」

即使羅穎誠是皺著眉對我碎碎唸，還用那麼可怕的話恐嚇我，我卻還是覺得好甜蜜，私心把他的行為當成是對我的極度關心，也只有在他對我碎唸的那分分秒秒裡，他是全心全意掛念我的。

我摀著胃不說話，羅穎誠卻以為我是因為太痛所以說不出話來。

「喂，要是真的很痛，我們就去醫院吧。」他的語氣有些緊張。

「沒關係……好像已經沒那麼痛了，回家吧！我還有一大堆 e-mail 還沒回，行李也還沒整理完呢！」

羅穎誠沉默了片刻，最後才又開口，「林誼靖，到底要怎麼樣才能讓妳別當工作狂？妳這樣為公司拚命又得到了什麼？身體搞壞了，情緒老是被客戶牽著走，為的到底是什麼？妳可不可以稍稍停下腳步，不要總是那麼緊張，不要總是急著往前走，卻忘了看看身邊的風景。在這個世界上，一定還有什麼比工作更重要的東西……」

我轉頭，看見羅穎誠的眼睛，在車窗外路燈照射下微微地發著光，那表情是誠摯而溫柔的，我沒有說話，他也沒有，我們的車就這樣停在家門口，兩個人像傻瓜一樣待在車上，完全不想動。

良久，他伸出手來，幫我把耳朵旁的頭髮塞到耳後去，因為靠得近，我可以感覺到他的鼻息噴在我的額頭，我的心情又這麼被他撩撥了起來。

「昨夜我想了一整個晚上，整個晚上都沒有睡，我不知道該把妳定位在我心裡的什麼位置，妳對我來說是很重要的人。看著妳笑，我就開心；看妳皺眉，我就會擔心；看著妳哭，我的心情就被揪得緊緊的。」

羅穎誠的眼睛定定地看著我，「妳曾經說過，愛情的發生，總是在瞬間心動的那一秒鐘就開始了。那時我覺得妳說得太誇張，但事後我發現妳是對的，喜歡的感覺就像星星之火，一燃就能瞬間燎原，怎麼阻擋都沒有用。而我一直沒有對妳說，我其實很喜歡妳，而且這樣的喜歡已經很久很久了，只是我始終都沒有發現。我很遲鈍，總以為這樣的喜歡很單純就是朋友之間的感情，我以為我們可以一輩子就這麼要好下去，當永遠的好朋友，可是後來我發現我沒辦法，在我看到梁南浩送妳回來的時候，在我看到妳站在門口跟他說話、對他微笑的時候，我莫名地整個火氣都上來，我就知道事情沒這麼簡單了。我再也不想騙我自己……」

我的心臟跳得好用力，用力到好像連心口都痛了起來，看著羅穎誠，我的眼前慢慢模糊，他為什麼要講這些會讓我控制不住情緒的話呢？

「當我昨天抱著妳、親吻妳的時候，我突然覺得自己的感情有了出口了，一直被我壓在心底的感覺忽然全都甦醒了，我才發現，原來我對林姮潔的喜歡真的就只是很單純的欣賞，所以才會這樣再三猶豫，沒有一口就答應跟她交往。所以才會遇到每件事都只想第一個跟妳分享，也總是讓自己的目光追著妳跑，隨時注意到妳的一舉一動……我才知道，原來我對妳的感情已經超越了喜歡的那個層面，已經是更接近愛的喜歡了……」

「你……你為什麼要跟我說這些？」

「我怕如果我再不說，我就沒勇氣了。林誼靖，告白也是需要勇氣的，我不想在終於認清自己的感情時，還眼睜睜看它從我面前溜走。所以林誼靖，跟我在一起吧，妳會幸福的。」

「那林姮潔呢？你怎麼辦？」我的理智線並沒有斷掉，在這麼浪漫的告白時刻，我居然還能想到遠在台灣的林姮潔。

「我沒有跟妳說，其實她有新的追求者了，她告訴我，說她很混亂，想要冷靜一下，所以這幾天我們都沒有聯絡了。很奇怪的是，當她這麼對我說的時候，我並沒有很難過，情緒也沒有暴走，我還笑著祝福她。妳說，我是不是非常大方，又很大器？」

我被羅穎誠的話逗笑了，帶著淚笑出聲來，笑一笑又哭著，一張臉又哭又笑的，我想我的表情一定很醜！

我用帶笑落淚的臉瞪了羅穎誠一眼，拚命捶打他的手臂，抱怨地說：「你很討厭耶，一定要在這麼感動人的話後面接一句這麼臭屁的話嗎？」

打了幾下後，羅穎誠抓住我的手，又把我拉進他的懷裡，用低低的聲音說：「痛死了，妳這個暴力女，非得把我打成殘廢才行嗎？我要好好改改妳這個臭習慣……」

我們就這樣戀愛了。

我覺得我實在是太便宜羅穎誠了，他只是說了幾句話就把我追到手，我的犧牲也太大了吧。

「過程不是重點，結果才是最重要的吧！」他攬著我的肩，笑嘻嘻地說。

「過程才是重點啦！」我抗議，「你這樣我是要怎麼跟我那兩個姊妹淘交代？當她們問你是用什麼方式把我追到手的，我要怎麼說？就說你只說了幾句話，我就這樣傻里傻氣地點頭……你不覺得這樣我很不矜持嗎？」

「妳就說因為我太優秀了，妳捨不得拒絕。」羅穎誠耍寶地說：「而且我覺得那些話我說得實在感人肺腑，聽聞者無不淚潸潸……」

「貧嘴！」我打了他的手背一下，「怎麼還是這麼白目啊？」

「我哪有？」羅穎誠一臉無辜，看著我，突然像想到什麼一樣，「等我一下，我拿個東西給妳。」

說完，他就往廚房的方向走。

公司這次還是很貼心地幫我們租了棟民宿，雖然沒有西雅圖那間大，也沒有庭院可以讓羅穎誠發揮他在剪樹方面的藝術細胞，不過我們卻一樣很喜歡這間看起來很有家的感覺的小窩。

我跟羅穎誠討論過，回台灣時要不要對公司同事公開我們的關係。

「為什麼要隱瞞？我覺得公開對妳才公平，我不想要妳是偷偷摸摸跟我談戀愛。」羅穎誠那時這麼對我說。

「可是這樣你會被罵啊！公司裡的人全都知道當初你喜歡的人是林姮潔耶。」我皺著眉，擔心地說。

「我被罵是沒關係啦，只要能保護好妳就好了，我不想要妳被我拖累。」

「我不怕。」我抑起頭，朝著他笑，「要罵要殺全隨他們，只要有你在，我就不怕。」

「那萬一妳被冠上小三的罪名呢？」

「清者自清。」我挺起胸，說得正氣凜然。

「就算被丟雞蛋也沒關係？」羅穎誠帶笑地看我。

這下子我遲疑了，「一定……要玩這麼大嗎？」

「誰知道公司裡那些三姑六婆瘋起來會怎樣？妳不是一直都說他們很可怕嗎？」確實是很可怕啊！不過人生本來就有得就有失，更何況我行得端、坐得正，才不怕他們會怎麼攻擊我呢！

「不怕！」我又抬起頭，「反正日久見人心，一定有人會相信我們是清白無辜的。」

羅穎誠摸摸我的頭，笑著說：「知道我最喜歡妳什麼嗎？」

我搖頭。

「最喜歡妳這種逞強的樣子，明明知道這一步跨出去可能會傷痕累累，卻還是勇敢跨出去。不過也最擔心妳逞強的樣子，有時看著妳硬撐，都會忍不住心疼。」

羅穎誠說這些話的時候，眼裡有很深的溫柔。他說完，沉默片刻又說：「以後不管發生什麼事都不要再逞強了，一定要讓我知道。就算再辛苦、再艱難，我也一定會擋在妳前頭，好嗎？」

我沒有哭，但他那些話，卻真的感動了我。那一刻，我突然覺得愛上他是我這一生最無悔的選擇。

「來了來了。」

還在回想前幾天跟羅穎誠的對話時，他說要拿個東西給我，卻捧了個杯子走過來，臉上笑咪咪的。

「什麼啊？」我探頭過去看。

「要不要閉上眼睛？」羅穎誠搞笑，「偶像劇都這樣演耶，男生要給女朋友驚喜時，都會叫她閉眼睛。」

「幼稚！」我睨了他一眼，「你跟我都沒有偶像包袱，所以不用學偶像劇的演法……快點，什麼東西？」

「妳好無趣，這樣都不浪漫了。」羅穎誠抱怨，「當初也是妳教我去看偶像劇，學學他們的手法，說這樣追女生就能所向無敵。怎麼這些手法用在妳身上就沒用了？」

「我要是那麼好追，就不叫林誼靖了。」我得意的。

「不過也不是很難追啊。」

羅穎誠果然很討打。

「那是因為我不想害你傷心好不好？你以為我真的那麼隨便喔？」

「啊，我哪敢這麼以為啊！」

還好他雖然欠扁，不過還算識相的。

「快啦！到底是什麼？」我好奇地又探頭去看他手上捧的那杯東西。

「喏，妳昨天不是說突然很想念台灣的珍珠奶茶嗎？來，我是仙杜瑞拉的神仙教母，聽見妳的願望，所以去變了一杯來。」

我接過他手上那杯珍珠奶茶，用不敢置信的眼光看他，「你怎麼變出來的？」

我幾乎分分秒秒都跟他黏在一起，他哪有什麼時間去變出這一杯珍珠奶茶啊？

「看到我的黑眼圈沒？」他指著自己的眼睛，「昨天晚上妳去睡覺之後，我又從我房間裡跑出來煮珍珠煮到快三點才去睡。」

「這麼難煮？」

「是我不會煮。」羅穎誠老實回答，「鬼才知道像我這種不喝珍珠奶茶的人怎麼知道珍珠要怎麼煮！」

「你的邏輯不對，我愛喝，但我也不知道珍珠要怎麼煮。」

「好啦，那不是重點！總之，我昨天是邊煮邊用電腦查資料，試了好幾次才終於成功，妳吃看看味道怎麼樣。」

我在羅穎誠熱切的注視中，大口地吸了一口珍珠奶茶，然後露出好吃的表情說：

「好好吃喔。」

「真的有那麼好吃？」羅穎誠好奇地湊過頭來，「分我吃一口看看，我還沒有嚐過珍珠奶茶調好後的味道耶。」

他吸了一口，馬上皺起眉頭，「搞什麼啊，這珍珠怎麼跟我昨天晚上吃的差那麼多？整個都變硬了，好難吃。」

「珍珠本來就不能放太久，」我仍然笑嘻嘻的，「不過，我還是覺得這杯珍珠奶茶好好喝，是我吃過最好吃的。」

「妳味覺壞掉了嗎？那麼難吃妳還覺得好吃！」羅穎誠伸過手來要拿走我手上的杯子，他說：「拿來！我重做一杯給妳吃。」

「不要！」我閃開他的手，「我覺得很好吃嘛，你不要再重煮了，你看你黑眼圈都跑出來了，你該去睡覺了。」

「大白天的我睡不著。」羅穎誠說完，又瞇著眼，賊兮兮地朝著我笑。

「幹麼？」我看他的眼神一整個就不對，好像在打什麼鬼主意。

「不然妳來陪我睡……」

「色狼！」我放下手中的杯子，抓起沙發上的抱枕，朝他劈頭蓋臉地一陣狂打，邊打邊笑邊罵他，「色眯眯的，打死你，好大膽子啊你，以下犯上，你知道你的下場會怎麼樣嗎？等我跟老總報告你就死定了！」

未來的事會怎麼樣，我不想去想太多，只要確定自己確實在羅穎誠的心上，確定跟他在一起是快樂的，對我來說，就足以讓我無悔無怨。

「這一秒開始，我愛妳。」西雅圖的最後一晚，羅穎誠在車子裡，這麼對我告白著。

那一秒，我的眼淚終於掉下來，嘴角卻揚起笑。

這一秒開始，我愛你。

回到台灣後的第二天一早，我懷著忐忑不安的心去上班。

本來羅穎誠還說要來接我去上班，但被我拒絕了，老實說，我還真的滿怕被丟雞蛋的，雖然這段感情實際上就只是羅穎誠跟林姮潔，以及我，我們三個人的事，但畢竟我們三個人都在同一間公司裡，依照公司既往的歷史，這件事很難不成為全公司的事。

只是，當我一踏進公司，就直覺整個公司的氣氛不對！非常不對！

當同事們看見我，大家都對我投以安慰的笑容，還有同事直接走過來，拍拍我的肩膀說：「辛苦妳了。」

我不明就裡地看著他們，心裡有數千個問號在打轉。

這到底是怎麼一回事？

「喂，羅穎誠，現在是什麼狀況？」

一回到我的個人辦公司，我連忙拉下所有的百頁窗簾，關上我的辦公室大門，掏出手機打電話給羅穎誠，滿腹疑問地問他。

「我也不清楚，不過公司裡的人反應都好奇怪，我早上來的時候，張衛勳還拍拍我的肩膀，跟我說加油……真不懂他要我加什麼油。」

「我也是，剛才也有同事對我說辛苦了，不知道他指的是不是我們出差一個月太辛苦了，還是意有所指。」

「先靜觀其變吧。」羅穎誠說：「我先忙了，剛才看到我桌上那一疊卷宗，我整個人差點暈倒，看來這一個星期我難逃加班的命運了。先不聊，晚上我們一起去吃飯，妳不要忘了喔。」

羅穎誠說完就要掛電話，又被我及時叫住。

「喂，你有沒有跟公司裡的人提到我們交往的事？」我還是覺得怪異，想查個水落石出。

「有啊。」羅穎誠沒有片刻猶疑地直接回答我，「我跟林姮潔提過。」

「你什麼時候跟她說的，我怎麼都不知道？」

「又不是什麼大事，就只是她用 skype 問完我工作上的事，又為了她跟我分手的事向我道歉時，我跟她說的。我覺得這沒什麼，所以沒跟妳說。妳該不會為了這種事生我的氣吧？」

「我會喔。」

「啊？真的假的？」羅穎誠緊張起來，「這又是妳的地雷嗎？」

聽他緊張的聲音，我就覺得好笑，但努力不在他面前破功，我說：「對啊，本姑娘的地雷區頗廣，你是知道的。」

「好吧！晚上我會記得負荊請罪的。晚餐要吃什麼妳決定，我會乖乖付錢的。」

「很好！這麼上道，不錯不錯。」我笑著，故意逗他，「那就……那間貴族風的法式料理吧！」

羅穎誠沉默了三秒鐘，用壯士斷挽的聲音說：「沒有問題，女朋友說的我全遵照辦理。」

「真乖。」我滿意地笑著跟他說再見後，才掛上電話。

其實不只羅穎誠，我桌上的卷宗也是多得嚇死人，我已經可以預見我接連好幾個晚上加班的慘況了。

好在有羅穎誠可以陪我加班，我的心裡多少可以平衡一點。

一直到下午，我才知道公司這份奇怪的氣氛到底是怎麼來的。是林姮潔。

原來在她知道羅穎誠跟我交往後，就跟同事們說是她對不起羅穎誠，因為她喜歡上別人，所以甩了羅穎誠，羅穎誠被她甩了之後，才跟我在一起。

林姮潔的作法很單純，她是為了保護羅穎誠跟我，她知道如果她不這麼做，人家會給我冠上第三者的罪名，也會讓羅穎誠變成負心漢。

「誼靖姊，其實我早就知道羅穎誠很喜歡妳了，但他一直都沒發現，我也是因為跟他拉遠了距離，才發現原來我並沒有想像中那麼喜歡他。也許我跟他只是因為賀爾蒙的突然作祟，而將欣賞誤以為是喜歡。還好我們都遇見了彼此的幸福，我的罪惡感也就不那麼重了。你們可以在一起我真的很開心，所以，我也只能盡力的幫你們先在公司裡消毒，不然公司裡那些三姑六婆真的很可怕，尤其是掃地阿姨，她那張嘴啊，真的是太太太太太恐怖了！」

下午林姮潔拿報表進來要讓我簽名時跟我聊了一會兒，才把事情的始末全盤供出。

我很意外，但更多的是感謝。

原來林姮潔真的就像羅穎誠說的那樣，是個既美麗，心地又善良的女生。

「林姮潔，謝謝妳。」我誠心地說。

「我也沒幫到什麼忙。」林姮潔被我的感謝弄得不好意思起來，她羞怯地笑著，「不過你們一定要幸福喔，羅穎誠是好人，誼靖姊妳一定要珍惜他。」

我點頭。

「就跟妳說吧，我真的是不可多得的好人，林姮潔果然很識貨。」

晚上吃飯時，當我把林姮潔對我說的話轉述給羅穎誠聽時，他的態度馬上驕傲又白目起來。

「起收起你那無聊的驕傲跟無可救藥的白目，謝謝。」我睨他一眼。

「全世界就妳最不懂得欣賞我。」羅穎誠一臉哀怨的表情。

「全世界就我最懂得你的白目。」我面無表情地接著說。

「我又沒有。」

「吃菜。」我用叉子叉了一片青花椰菜送到他嘴邊，又說：「吃飯的時候少說話，免得消化不良。」

羅穎誠乖乖地吃掉青花椰菜，我朝他滿意地笑了笑。

「妳要是再這麼挑食，小心身體營養不均衡。」

「我不喜歡吃嘛。」我低著頭吃著我面前的義大利麵，頓了頓，又抬起頭，笑著，「而且我不怕啊，反正有你在我身邊嘛，你會幫我照顧我的身體，根本不會有營養不均衡的事發生，你說對不對？」

「說到這個，我決定以後每天都幫妳準備午餐，不過妳要答應我一件事。」

「什麼？」

「不可以挑食。」羅穎誠說得慎重其事，表情很認真，「答應了，我才要幫妳做午餐。」

外面的便當我早就吃膩了，現在一聽到羅穎誠這麼說怎麼可能拒絕？更何況羅穎誠煮的東西都超合我胃口的。於是我根本連猶豫一秒鐘的機會都沒給自己，馬上就點頭，嘴裡還忙不迭地回答他，「好啊好啊，那有什麼問題？你做的東西那麼好吃，我根本就很難挑食啊。」

羅穎誠不相信我說的話，還很幼稚地跟我勾小指頭蓋印章，嘴裡說：「說到要做到喔，騙人的話就要心甘情願任由對方懲罰喔。」

「那有什麼問題？我這個人向來最重承諾了，一定說到做到。」

結果，幾天之後，當我興沖沖打開羅穎誠為我準備的便當準備大快朵頤時，整張臉馬上綠掉。

整個便當盒裡，除了白飯，就全都是綠花椰菜……

羅穎誠一定是故意的，我中招了！這個卑鄙的小人！

「怎麼樣，是不是看起來很美味？」

正在心裡咒罵羅穎誠時，這個始作俑者竟然心有靈犀地瞬間出現在我面前，笑嘻嘻地問我。

「你死定了你，看我回頭怎麼整你！」我咬牙切齒地瞪著他。

羅穎誠一點也不被我的情緒影響，還是笑著，「青花椰菜很營養耶，而且我只用熱水燙了一下就撈起來作涼拌，營養成分很高，妳要多吃點。」

願賭服輸，我認了。

當我憋著氣吃光那一堆青花椰菜後，整個人簡直快虛脫。

「真棒！老婆。」羅穎誠笑著拍手。

「閉嘴！」我瞪他，「誰是你老婆？不要亂叫。」

「當然是妳啊，妳害羞什麼？」羅穎誠噁心巴拉地說：「不然我叫妳哈尼，或是甜心？」

我雞皮疙瘩全跑出來了。

「全都不准叫，太噁心了。我剛吃飽，你不要這樣害我！」

「哪會噁心？明明就很甜蜜。」

「哪裡甜蜜了？你這樣一叫，我簡直都快反胃了。」

「我覺得妳真的很沒情調。」

「你現在才知道？還不算太晚啊，你要拔腿逃跑還來得及。」

「我沒打算逃跑，不過我一定要好好改造妳。」

「請不要把我搞得像你一樣白目。」

「我這不叫白目，是幽默，幽默妳懂不懂？」

「很難懂。請不要嚐試叫我去了解白目的世界，我無法融入。」

「我會努力讓妳融入的……」

跟羅穎誠你一言我一語地逗著嘴，始終都是件讓我開心的事，跟他拌嘴時，常常到最後都是我先笑到停不下來。我覺得這樣的我最幸福。

雖然人生就像梁南浩說的那麼無可預知，但只要有羅穎誠在身邊，我就覺得未來其實也沒那麼令人徬徨了。

每一件生活中無關緊要的小事，凡是與羅穎誠有關，對我而言，就是最重要的事，我想，那是因為我愛他的緣故。

未來，或許真的無法預知，不可掌握，但我會永遠記得此時此刻的這一秒鐘，我是愛你的，分分秒秒地接續下去，也許就能把我們的故事走成永恆了。

分分秒秒、日日夜夜、歲歲年年，
只要牽著你的手，我們的故事一定能走成永恆。

【全文完】

國家圖書館出版品預行編目資料

這一秒開始，我愛你／Sunry 著. -- 初版. -- 臺北市：商周出版：家庭傳媒城邦分公司發行, 2014（民103.9）
面；　公分. --（網路小說；235）
ISBN 978-986-272-644-0（平裝）
857.7　　103015847

這一秒開始，我愛你

作　　者／Sunry
企畫選書人／楊如玉、陳思帆
責任編輯／陳思帆

版　　權／翁靜如
行銷業務／李衍逸、黃崇華
總　編　輯／楊如玉
總　經　理／彭之琬
發　行　人／何飛鵬
法律顧問／台英國際商務法律事務所　羅明通律師
出　　版／商周出版
城邦文化事業股份有限公司
台北市民生東路二段 141 號 9 樓
電話：(02) 25007008　傳真：(02) 25007759
Blog：http://bwp25007008.pixnet.net/blog
E-mail：bwp.service@cite.com.tw
發　　行／英屬蓋曼群島商家庭傳媒股份有限公司城邦分公司
台北市民生東路二段 141 號 2 樓
書虫客服服務專線：(02) 25007718、(02) 25007719
服務時間：週一至週五上午09:30-12:00；下午13:30-17:00
24 小時傳真專線：(02) 25001990、(02) 25001991
劃撥帳號：19863813；戶名：書虫股份有限公司
讀者服務信箱：service@readingclub.com.tw
城邦讀書花園：www.cite.com.tw
香港發行所／城邦（香港）出版集團有限公司
香港灣仔駱克道193號東超商業中心1樓
E-mail：hkcite@biznetvigator.com
電話：(852)25086231　傳真：(852) 25789337
馬新發行所／城邦（馬新）出版集團【Cité (M) Sdn. Bhd.】
41, Jalan Radin Anum, Bandar Baru Sri Petaling,
57000 Kuala Lumpur, Malaysia.
Tel: (603) 90578822　Fax:(603) 90576622
email:cite@cite.com.my

封面設計／黃聖文
版型設計／小題大作
排　　版／新鑫電腦排版工作室
印　　刷／高典印刷有限公司
總　經　銷／高見文化行銷股份有限公司
電話：(02) 26689005　傳真：(02) 26689790
客服專線：0800-055-365

■ 2014 年 9 月2日初版1刷
■ 2017 年 10 月20日初版6刷

Printed in Taiwan
城邦讀書花園 www.cite.com.tw

定價200元

ISBN　978-986-272-644-0

商周出版

廣	告	回	函
北區郵政管理登記證			
台北廣字第000791號			
郵資已付，免貼郵票			

104台北市民生東路二段141號2樓

英屬蓋曼群島商家庭傳媒股份有限公司　城邦分公司

請沿虛線對摺，謝謝！

商周出版

書號：BX4235　**書名：**這一秒開始，我愛你　**編碼：**

請於此處用膠水黏貼

商周出版

讀者回函卡

感謝您購買我們出版的書籍！請費心填寫此回函卡，我們將不定期寄上城邦集團最新的出版訊息。

不定期好禮相贈！
立即加入：商周出版
Facebook 粉絲團

姓名：＿＿＿＿＿＿＿＿＿＿＿＿＿＿＿＿ 性別：□男 □女

生日：西元＿＿＿＿＿＿年＿＿＿＿＿＿月＿＿＿＿＿＿日

地址：＿＿＿＿＿＿＿＿＿＿＿＿＿＿＿＿＿＿＿＿

聯絡電話：＿＿＿＿＿＿＿＿＿＿ 傳真：＿＿＿＿＿＿＿＿＿＿

E-mail：

學歷：□ 1. 小學 □ 2. 國中 □ 3. 高中 □ 4. 大學 □ 5. 研究所以上

職業：□ 1. 學生 □ 2. 軍公教 □ 3. 服務 □ 4. 金融 □ 5. 製造 □ 6. 資訊
□ 7. 傳播 □ 8. 自由業 □ 9. 農漁牧 □ 10. 家管 □ 11. 退休
□ 12. 其他＿＿＿＿＿＿＿＿＿＿

您從何種方式得知本書消息？

□ 1. 書店 □ 2. 網路 □ 3. 報紙 □ 4. 雜誌 □ 5. 廣播 □ 6. 電視
□ 7. 親友推薦 □ 8. 其他＿＿＿＿＿＿＿＿＿＿

您通常以何種方式購書？

□ 1. 書店 □ 2. 網路 □ 3. 傳真訂購 □ 4. 郵局劃撥 □ 5. 其他＿＿＿＿

您喜歡閱讀那些類別的書籍？

□ 1. 財經商業 □ 2. 自然科學 □ 3. 歷史 □ 4. 法律 □ 5. 文學
□ 6. 休閒旅遊 □ 7. 小說 □ 8. 人物傳記 □ 9. 生活、勵志 □ 10. 其他

對我們的建議：＿＿＿＿＿＿＿＿＿＿＿＿＿＿＿＿＿＿＿＿

請於此處用膠水黏貼